SUEÑOS REALES

Amor y ficción

SUEÑOS REALES

Amor y Ficción

ANÍBAL ROSALES

TEMPORADA 1

SUEÑOS REALES
Amor y ficción

ANIBAL ROSALES DOMÍNGUEZ

INSPIRADO EN HECHOS REALES

Esta es la saga de siete libros y es el resultado de una investigación de historia, ciudades y personajes reales convertidos en ficción. Además estos personajes viven en diferentes países de nuestro planeta, algunos son de: Grecia, Italia, Francia, España, Alemania, Irlanda del Norte, Rusia, Portugal, Canadá, México, El Salvador, Venezuela, Brasil, Argentina y Colombia. Aquí encontrarás que ellos tienen cuerpos mitológicos, dones especiales y sus nombres reales están fusionados con letras de los alfabetos nórdicos vikingos.

Cuando estés leyendo podrás imaginar el vestuario y escuchar el sonido de la música. Deleita tus sentidos y también presta mucha atención, pues la línea del tiempo te llevará a islas, bosques, castillos, mares, ríos y reyes que nunca pensaste conocer.

Al principio de la lectura encontrarás el nombre de una piedra preciosa con un rey, un poema y al final de cada episodio hay pequeñas notas que te ayudarán con varios conceptos y así comprenderás mejor este lado de la atmósfera de nuestro planeta. Estas notas se han convertido en una pequeña biblioteca de recuerdos del presente, el pasado y el futuro de este libro.

El templo de los guerreros de Chichén Itzá sugiere que los europeos ya habían visitado México entre los años 600 y 900, pues en los murales de sus paredes aparecen individuos cautivos de piel blanca en un pueblo indígena. También fueron encontrados algunos artefactos de hierro noruego en Canadá que datan del año 997 y esto da el inicio a nuestra investigación de los vikingos en el continente Americano.

Los poemas en idioma danés evocan los sentimientos más profundos de los guerreros, ahora solo espero que disfrutes de los momentos que viviremos en este universo paralelo de aventuras con los vikingos del Atlántico y sus viajes en el tiempo. Pero antes de leer cada episodio, prepárate a correr con el narrador de nuestra historia, porque son 70 reyes y no imaginas lo que te voy a contar, este es mi cuaderno de bitácora, se escribe en tiempo real y sé que también te estás preguntando: "¿Quién es el último Rey?". Las ecuaciones del tiempo están a punto de comenzar.

LISTA DE REYES

1. DÆL
2. JAZÅR
3. DØÅ
4. GLØE
5. GLÅSS
6. MÏNÅ
7. DÏLÛX
8. ČONSË
9. LUZÅM
10. OTÏ
11. ÅGÜI
12. JÆR
13. ERCIØTI
14. YØÅ
15. DÄLÅF
16. DÅGÜX
17. MÎÅN
18. JÊÜX
19. PÅU
20. NÖRÅYA
21. DÅNN
22. JØN
23. ËDSØN
24. ÅRØX
25. JÛKËX
26. DÎRØ
27. JËZ
28. CÍFÅNY
29. LILØ
30. ERICØ

INDICE

VIKINGS OF THE ATLANTIC

EPISODIO 1
SOLO SE ESCUCHA SU VOZ
DÆL (Rey Número 1)

"El secreto está escondido en las letras que escriben desde el principio el final".

ESMERALDA

Mi nombre es **DÆL** y quiero que sepas que desde ahora seré muy sincero al contarte esta historia, ¡y aunque no verás mi rostro, te daré los detalles más profundos del presente o del pasado, pero nunca del futuro! Porque el futuro no está escrito y es infinito, aunque algunos creen que es posible contemplarlo desde lejos, pues el futuro está en tus manos y se reescribe cada día desde lo más profundo de tus pensamientos hasta que se hace realidad. Ahora no solo verás con tus ojos, también podrás palpar a través de tu imaginación, por eso escucha con atención y observa el nuevo concepto del tiempo en el presente, el pasado y el futuro que no puedes cambiar.

También tienes la oportunidad de saber cual es tu verdadero poder, y no lo olvides, el conteo de los setenta reyes está empezando, y en busca de respuestas los guerreros del tiempo viajan a través de siete dimensiones que los dejan muy confundidos, y sin poder cambiar ni una sola letra de la historia, porque ellos, así como tú, también intentan descifrar el enigma del tiempo.

Hoy en el espacio sideral en medio de la nada se escucha el verdadero sonido del silencio y solo los rayos de luz de las estrellas, nos iluminan en este universo que se expande con el movimiento del tiempo. En este momento las luces de fuego de un cometa giran a toda velocidad, con diferentes trayectorias elípticas en el sistema solar, y poco a poco, el lente del satélite enfoca a través de las nubes hasta llegar a la superficie del Planeta Tierra "¡Pero miren!" Está todo tan oscuro que con mucha dificultad se observa un remolino de fuego de color gris que deja sobre el pasto del bosque, muy cerca de un río a un hombre que parece estar dormido. Y todo sucedió en una noche del siete de Julio por medio de un experimento, al encontrar el algoritmo del tiempo.

SOLEDAD, COLOMBIA. El tiempo marca la noche del 7 de julio del año 1770, en la Isla Cabica al sur de la ciudad.

Una brisa helada se desliza por mi cara, me despierto, ¿y no sé dónde estoy? Abro los ojos en medio de una noche muy oscura ¿Pero? ¿Qué estoy haciendo aquí? Escucho sonidos de animales detrás de los árboles, me levanto del suelo, ¡y siento que se mueven sin parar, aunque son solo sonidos, porque no veo nada!". Agarro el lado derecho de mi cabeza y siento un golpe, me duele un poco y me pregunto: "¿Por qué no puedo recordar qué fue lo que pasó?".

No puedo dejar de sorprenderme y me coloco los lentes, todavía tengo mucho sueño y en mi mente veo dos lugares con dificultad, uno que está en mis recuerdos y otro que no puedo recordar. Miro hacia la derecha, luego a la izquierda en medio de la soledad de este bosque, rodeado del sonido del viento, ahora mis manos están entumecidas, muy heladas por el frío y las froto con desesperación para sentir tan solo un poco de calor. Observo a mi alrededor nuevamente, ¿y no hay nadie que pueda decirme qué lugar es este?

¿Pero si estoy soñando? ¿Por qué no me despierto? Con este frío necesito cubrirme, pues la camisa blanca de mangas largas que tengo puesta, no me quita el frío, ahora miro al suelo y a la derecha hay una bufanda, un chaleco y una gabardina gris con capucha y el cuerpo lo siento tan helado que mis dientes empiezan a crujir y me coloco esa ropa. Estoy de pie al lado de un árbol, y a lo lejos veo un río grande, lo miro, y pequeños recuerdos de mi mente dicen que es el Río Magdalena, pero al ver el río solo pienso en un poema.

POEMA AL RIO MAGDALENA

Camino hacia el borde del río y escucho en medio del sonido del silencio, el retumbar en mis oídos, cuando el agua golpea la arena, cuando se mueve tierna, quieta, suave y discreta, pero mirándola desde lejos, solo siento el suspiro de las estrellas al amanecer.

Reviso los bolsillos de la gabardina y quiero encontrar algo que pueda ayudarme a encender el fuego para calentarme un poco, hacer una antorcha y ver el camino por donde voy, pero no encuentro nada en los bolsillos y veo en el suelo unas piedras con pasto seco y por mucho que golpeo las piedras no logro encender el fuego. Camino por siete minutos hasta llegar a la orilla del río y ¡Miren!, hay un barco grande como de unos diecisiete metros de largo fabricado en madera, con una proa algo extraña y está tallado con la forma de la parte superior del cuerpo de un caballo de Mar.

Miro por todos lados y me pregunto: ¿Cómo rayos llegó este barco vikingo? ¡Wow! Si Homero el griego lo estuviera viendo, seguro expresaría un poema por su gran belleza. Subo en el barco y tengo miedo de caer en el agua, pues no sé nadar. Pero el barco se mueve sólo y cuando intento bajarme es imposible, acelera tanto que se aleja de la orilla, quiero tirarme al agua y no soy capaz. Además, el río se ve caudaloso y sin fin, lo más probable es que la lluvia lo haya puesto así. El barco va en dirección al Mar Caribe y solo me queda esperar hasta a dónde me llevará.

El Caballero ha estado navegando por varias horas, y en estos momentos observa un paisaje con el cielo lleno de estrellas y un camino de piedras grandes que entran en el agua y tiene a su derecha el río y a la izquierda el mar y al final, aunque están juntos el río se separa del mar.

Es de noche y el barco continúa navegando por muchas horas más y de repente, se detiene en una playa y yo me pregunto: ¿Estoy en Tubará? Ahora doy un salto en tierra firme y cuando observo la arena del mar encuentro un medallón de oro con el rostro de un caballo de mar "¡Wow!", en la parte de atrás justo en el centro, tiene una esmeralda y un reloj que marca con luz verde las coordenadas de un lugar en el tiempo, acompañado de una frase en forma circular en el borde ¿Y parece estar escrita en una de las lenguas nórdicas? ¡Sí! ¡En realidad es idioma **danés!**, allí dice: **"Hemmeligheden er gemt i bogstaverne, der skriver fra begyndelsen til slutningen"**. En español traduce: "El secreto está escondido en las letras que escriben desde el principio el final". ¿Pero? ¿Cómo es qué puedo entender este idioma? ¿Y qué significado tendrá?

¿Esto será real? ¿O estoy en un sueño? Aunque quiero dejar de pensar en esas palabras, es imposible y después de ver la esmeralda, mis ojos no volvieron a brillar igual.

Coloco el medallón en el bolsillo de mi chaleco y cuando miro al frente hay un gato Montés de color gris con rayas y sus ojos tienen el reflejo de las esmeraldas, me mira y corre a toda velocidad, pero me da tanto temor el silencio de este lugar, que empiezo a correr en medio del bosque sin parar. Veo hacia atrás y el barco ya no está, contemplo el lugar, miro hacia arriba y hay montañas gigantes llenas de pasto verde ¡Es hermoso, un paraíso escondido! ¡Miren! La luna llena sale en medio de las nubes y deja ver todo con claridad. Sigo corriendo y cada vez es más complicado para mí, pues el lugar es muy alto y respiro con dificultad, pero Ahora el viento es más helado y la neblina se apodera de las montañas.

Luego escucho el sonido de un ave gigante de color azul, en forma de un halcón, con alas que vibran como brasas de carbón, ardiendo en medio del calor y me da mucho temor. Corro lo más rápido que puedo en medio de los árboles para no dejarme alcanzar, pero una luz me ilumina y el destello de su reflejo cae en mis ojos como el relámpago de un trueno al atardecer y siento gotas de sudor deslizarse sobre mi piel. Sigo corriendo más y más hasta llegar a un árbol que está a la orilla de aquel lugar y creo que es el más alto que he visto, pues contemplo que sus ramas y su tronco son enormes, hasta parece que llega al cielo de lo grande que es, y cuando levanto la mirada veo sus hojas deleitarse absorbiendo la neblina húmeda que juguetea alrededor de él.

Ahora miro hacia atrás y observo que la luz y el ave gigante que me persiguen ya no están. Mis pulmones siguen agitados y respiro con mucha dificultad y empiezo a toser sin parar. Caigo de rodillas ante el árbol y tiemblo tan solo de pensar, lo que el ave pudo hacer si alcanzaba mi piel.

—El Caballero está tirado en el pasto, en medio de la soledad del bosque, sus ojos se cierran y queda dormido otra vez. Pero de repente despierta y se pregunta: ¿Cuánto tiempo ha pasado? ¿Qué estoy haciendo aquí? Miro al suelo y me doy cuenta que hay una piedra de esmeralda agarrada de una argolla de oro a un lado del árbol, es muy hermosa y la coloco en el bolsillo derecho de la gabardina. En ese momento una de las ramas del árbol se extiende hacia mí y por telepatía con voz suave me dice: ¡Sube amigo, yo te ocultaré!

—Estoy asustado y tiemblo mucho al ver un flash dorado con una energía vibrante que me hace subir a él. Y sin hablar, desde mi mente le digo: ¿Hola? ¿Cómo te llamas?

—Él responde: Mi nombre es **JAZÅR** y déjame decirte algo, he dejado de contar mis años, pues fui sembrado aquí por el Rey Supremo hace más de siete mil años y desde entonces, vivo muy feliz disfrutando de este lugar.

—¿Rey Jazår? ¿Entonces, tú debes saber cuál fue el origen del universo? ¿O quién fue la primera especie de este planeta? Pregunta el Caballero.

—Jazår le contesta: Amigo, el origen del universo ha dejado a la mayoría de los seres humanos sin palabras, pues la grandeza el diseño y el poder de nuestro sistema solar, ayudan a la existencia del hombre con sus millones de acompañantes de otras especies. Cada día solo en nuestro planeta, nacen miles de seres vivos en todas las formas, tamaños y colores. Desde un organismo unicelular, hasta el pez más grande del Océano Pacífico. Por esta razón, algunos piensan que nuestro mundo debería llamarse planeta vida. Ahora la pregunta no es: ¿Quién fue la primera especie? La pregunta debería ser: ¿En qué lugar del tiempo surgió la primera especie? La respuesta a esta pregunta ha sido y será la más controversial desde el principio del tiempo hasta el final.

—¿Por qué has tardado tanto en llegar? Continúa diciendo Jazår. Desde lejos te observo y sé lo que piensas, solo quiero ser tu amigo, no te asustes.

—¿Es posible ver el inicio del universo? ¿O el final? Le pregunta el Caballero.

—¡Mira! Aunque quisiéramos ver el inicio de nuestro universo, sería totalmente imposible, contesta el rey Jazår. Porque nuestro universo desde el principio del tiempo se expande por cl infinito, muy parecido al amor cuando es real.

—El Caballero le pregunta: "¿Y la teoría del big bang por una fusión nuclear entre átomos es verdad?".

—Con respecto a una explosión en el universo, algunos pueden decir que es una simple teoría, pero también se puede pensar que es el comienzo de la creación de mil millones de elementos químicos dispersos en el espacio, de los cuales sabemos muy poco y ocasionaron cosas mucho más grandes de las que ninguno de nosotros imaginamos y existen en nuestra galaxia, en el fondo sin fin del universo. Aunque el concepto de fusión nuclear es muy amplio, lo que sí está claro, es que, al encontrarse diferentes átomos en un espacio de tiempo determinado, con esto se amplía la unión nuclear al máximo, hasta convertirse en una masa de energía incontrolable. Yo en realidad sé la respuesta a esa pregunta, pero deseo que tú investigues y obtengas tus propias conclusiones, pues mira al espacio y dime si eso es posible, le contesta el rey Jazår. Caballero todavía no me has dicho "¿Cuál es tu nombre?".

—Pero el Caballero no le responde. Y mirando hacia arriba una rama del árbol, señala con su índice derecho y le pregunta: Hey amigo, que flor tan extraña ¿Puedo tocarla?

—Todo el bosque ha sido creado, para que seas más fuerte, responde el rey Jazår. "¡Puedes tocarla, sé que te gustará!", aunque no lo creas esta noche cambiará tu forma de pensar.

El Caballero con la mano derecha agarra la flor y desde cerca se ve de color blanco como la nieve, pero su olor es indescriptible.

—Ahora el Caballero pregunta al rey Jazår: ¿Si el universo se expande por el infinito, entonces es posible que la tierra se esté alejando del sol?

—Jazår le responde: "¡No!" Aunque el universo se mantenga en continuo movimiento y se expanda en el infinito, es poco probable que la tierra se aleje del sol. "¡Mira!" Las leyes gravitacionales son complejas, pero también son exactas y hacen que nuestro sistema solar se mantenga intacto y mantenga también su funcionamiento a la perfección, de esta manera es posible que la vida continúe en nuestro planeta por miles de años hasta el día de hoy.

—¿Y la teoría que afirma que nuestro universo está dentro de un agujero negro, es cierta?, pregunta el Caballero.

—Jazår le responde: En realidad esa teoría es totalmente absurda, porque un agujero negro tiene la propiedad de destruir todo lo que cae en su interior. Y es contrario a nuestro universo, que está en orden con todos sus elementos químicos. Además, estos elementos se unen y se transforman hasta el punto que podemos tener oxígeno alrededor de nuestra capa de ozono, y ellos protegen la vida en nuestro planeta también.

Esta conversación entre el Caballero y el árbol gigante fue por telepatía, pero más tarde el rey Jazår baja su rama y lo coloca en el suelo del bosque nuevamente. Pues el sentía que, si su amigo seguí allí, su vida corría peligro.

—En medio del silencio y su voz sutil, después de un rato con voz estruendosa el rey Jazår grita: ¡Corre amigo!, la luz que te persigue viene a buscarte. ¡Corre!, aunque soy muy alto no puedo ocultarte. ¡Corre!, pero antes te daré un poder especial, desde hoy tus pulmones no te molestarán más, pues podrás respirar tanto el aire de este bosque como debajo del agua del mar.

—Sin saber qué rayos me está pasando "¡No le creo!", lo miro, inclino mi rostro a tierra y coloco mi mano izquierda en la espalda, le doy una señal de respeto con mi mano derecha y le digo: Gracias rey Jazår, yo sé que las buenas acciones nunca faltan, y mucho menos en tiempos difíciles como los de hoy, pero los buenos deseos cuando salen del corazón, se convierten en intenciones gigantes que llegan hasta el fondo del mar como el amor entre los amantes.

Ahora empiezo a correr en el mismo camino por donde subí a la montaña, y sin mirar atrás solo el pasto verde rodea mi andar. En ese momento comienza a llover y caen gotas finas sobre mi piel. Miro al cielo y me gusta lo que veo "¡Wow!", desde aquí también puedo contemplar las playas de Tubará y cuando observo el mar me pregunto: ¿Cómo será vivir dentro del Océano Atlántico?, pues cuando lo miro me siento como en casa.

De repente deja de llover y las nubes blancas de la noche se las lleva el viento, miro al cielo nuevamente y veo miles de estrellas que mis ojos no dejan de mirar. Hay cosas muy hermosas en este planeta, pero no hay nada que se pueda comparar a la belleza de las estrellas y el titilar que se ve en la oscuridad.

El Caballero empieza a correr y sin querer tropieza, sus lentes se caen en el pasto, de rodillas los busca, pero no los encuentra y se levanta para seguir corriendo, porque escucha el sonido del aleteo del ave gigante detrás de él, muy cerca, ahora voltea su rostro un poco mientras corre, está asustado, y no puede ver claramente por donde va.

—¡Miren! Un flash dorado pasa en frente del Caballero y desde lejos grita: ¿Eres tú? ¿Jazår? ¿Jazår? ¡Ven! ¡Estoy aquí! ¡Ayúdame! Pero Jazår no lo escucha y su recuerdo se iba y olvidaba que él existía. En un instante, el Caballero vuelve a tropezar, cae en un abismo y grita por ayuda muchas veces: ¡Auxilio! ¡Auxilio! ¡Ayúdenme por favor!

Y mientras cae en el vacío, el Caballero recuerda el sonido de las alas del ave gigante, y sin esperanza que alguien lo ayude, sigue gritando, clamando y cayendo. Y aunque el valle es muy grande, nadie lo ve y solo el silencio escucha su voz.

–Big Bang: En cosmología esta teoría es también llamada la gran explosión, término que proviene del astrofísico Fred Hoyle. En su época muchas personas creían que el punto inicial en el que se formó la materia, el espacio y el tiempo se dio a partir de una explosión.

–Caballo de mar: Su etimología procede del término griego ἵππος, que significa caballo, por el parecido de su cabeza con la de los caballos equinos. Ellos se encuentran en aguas tropicales, templadas y poco profundas. Una de las primeras referencias en la historia de esta especie, está en los registros de los épicos poemas de homero, donde se describe el carro de Poseidón guiado por caballos de mar. Solo tienen una pareja, si esta muere, deja de comer y también muere el otro y con esta conducta se dice que el caballo de mar literalmente muere de amor.

–Homero: Es el nombre del poeta a quien tradicionalmente se atribuye la autoría de los principales poemas griegos: La Ilíada y la Odisea. Su vida es una combinación de leyenda y realidad, pues nunca sabremos con certeza la ciudad en la que nació y otros detalles del mejor poeta de su época.

–Danés: Es un idioma nórdico, que corresponde a un grupo de las lenguas germánicas. Hablado por cerca de 7 millones de personas en Dinamarca y también en Groenlandia y la isla Feroe ambos territorios vikingos. El alfabeto danés moderno es similar al inglés, con tres vocales adicionales: æ, ø y å.

–**Esmeralda:** (Be^3Al^2) $(SiO^3)^6$. Es un mineral ciclo silicato de berilio y aluminio que contiene pequeñas cantidades de cromo y en algunos casos vanadio, que le proporcionan su característico color verde. Colombia es considerado el país número 1 del mundo en su exportación.

–**Lenguas Nórdicas:** Fueron idiomas hablados en Dinamarca, Noruega, Suecia, Finlandia, Islandia y Groenlandia. Aunque la mayoría de estos idiomas y dialectos han desaparecido, hoy se mantienen vigentes el idioma: Danés, Noruego, Sueco, Escocés, Islandés, Neerlandés, Inglés y Alemán.

–**Mar Caribe:** Es un mar en el Océano Atlántico, al este de América Central y al norte de América del Sur.

–**Barco Vikingo:** Estos barcos tenían la proa tallada y eso los hacía resaltar de los demás navegantes, algunos historiadores dicen que estuvieron en américa del norte aproximadamente en el año 997.

–**Río Magdalena:** También fue llamado río Grande de la Magdalena, o río Grande, es un río de Colombia que desemboca en el mar Caribe y nace en el departamento del Huila.

–**Isla Cabica:** Ubicada al sur del municipio de Soledad y el Río Magdalena. Por su posición geográfica privilegiada, se cree que fue uno de los primeros lugares para los barcos de los navegantes europeos, incluyendo a los españoles.

–**Soledad:** Municipio de Colombia ubicado en el área metropolitana de Barranquilla. Cuenta con el Museo Bolivariano, que es una casa antigua donde habitó Simón Bolívar el libertador, días antes de su muerte. Las principales vías de acceso a otros departamentos del país, se encuentran en Soledad, ya sea por aire o por tierra.

–**Tubará:** Municipio de Colombia en el departamento del Atlántico, frente al mar Caribe. Se originó como un poblado de los indígenas Mokaná en la época precolombina.

–**Gato Montés**: Es robusto y musculoso, con una dimensión que hace que sea considerado como una de las especies más grandes, pudiendo pesar entre cuatro y doce kilos y medir hasta 125 cm de altura.

DØÅ
Reina Estrella

EPISODIO 2
ELLA BRILLA COMO EL SOL
DØÅ (Reina Número 3)

"Cierra los ojos y verás que el color es solo una ilusión óptica. "¡Porque el amor aunque no se ve, se siente más cuando está entre tus manos!".

TOPACIO

Yo Dæl, veo el momento en que el caballero sigue cayendo en el vacío, se resigna a pensar que morirá y cree que nadie escucha sus gritos y algo fuera de lo normal sucede. Y en el momento en que está más cerca de caer y morir, siente a su lado la presencia de una criatura misteriosa y solo alcanza a ver un remolino de fuego plateado en forma vertical cerca del suelo, ahora ella lo toma del brazo derecho y los dos desaparecen al tiempo.

TUBARÁ, COLOMBIA. El tiempo marca la noche del 7 de Julio del año 1759, frente al Mar Caribe.

¡Miren! La criatura desafía las leyes de la gravedad, fue muy raro cuando la vio por primera vez, pues llegó flotando hacia él. Aunque no puede verla con claridad porque perdió sus lentes, puede observar el brillo de su reflejo. Su apariencia es de una reina y tiene puesta una corona con piedras preciosas formando hojas de helechos, y un medallón de oro en el cuello igual al que se encontró el Caballero en la arena de las playas de Tubará, además tiene un vestido largo con la falda en corte sirena y un escote en forma de corazón en el busto, con los brazos descubiertos, y todo el diseño de su vestuario está fabricado con detalles en lentejuelas de topacio transparente formando constelaciones.

—Ella le dice al Caballero: "¡No tengas miedo!", mi nombre es **DØÅ**, Tranquilo solo vine para ayudarte.

Y en un instante el Caballero siente que está flotando hacia arriba del abismo. Él escucha su voz y no sale de su asombro, y siente sus pupilas extenderse tanto que no puede dejar de mirarla, pero está mudo, sin saber porque lo ha salvado, quiere agradecerle y su boca solo tiembla y no puede expresar palabras. En medio del vacío y la neblina del abismo poco a poco la reina Døå sube hasta lo más alto de una montaña, ellos llegan a un lugar hermoso y los rayos de la luna hacen que el polvo de estrellas de su cuerpo brille tanto, que parece escarcha plateada al sol.

—Døå Pregunta: ¿Cuál es tu nombre?

—Yo la miro y quiero hablar "¡Pero no sale mi voz!". Me siento algo extraño y quisiera poder expresarle mi agradecimiento.

—Y ahora ella dice: "¿De dónde eres?".

—En ese momento mi voz regresa y le contesto: Esa pregunta es muy complicada, pues estoy en este planeta hace 27 años y a veces creo que soy normal, pero otras veces me siento muy extraño y sé que nadie me entiende.

Miro hacia abajo y pienso: "¿Qué le diré?", en realidad recuerdo muy poco, y sin tantos rodeos solo le contesto: Soy del Planeta Tierra, "¿Pero dime? ¿Estamos en Tubará? ¿Verdad?".

—Ella responde: ¡Sí! Pero no estamos en el año 1770 como estás pensando.

El Caballero mira en todas las direcciones y el lugar se ve igual, pero él sigue sin entender lo que está sucediendo.

—"Reina Døå, pero ¿qué fue lo que pasó?" Le pregunta el Caballero.

—Ella contesta: Mientras caías en el vacío, fui enviada para salvarte por medio de un portal del tiempo que se formó al desprenderse sus partículas de energía, en femtosegundos, de un cometa con luces de fuego que giran en la vía láctea, justo en el momento en que salía por un agujero de gusano entre el planeta Tierra y la Luna. Los guerreros del tiempo estamos en todo el planeta y tenemos diferentes misiones relacionadas con el mundo del futuro. "¿Pero, tú me recuerdas?". Pregunta la reina Døå.

—¡No! Nunca te he visto, responde el Caballero.

—Te lo voy a explicar, nosotros somos guerreros que viajamos en el tiempo y aunque no lo creas, este fue el año en que el Cometa Halley estuvo más cerca del planeta Tierra.

—Mirando al cielo el Caballero le dice a la reina Døå: Quiero entender lo que hablas, pero me resulta tan complicado, porque todo pasó tan rápido, que no me di cuenta del viaje en el tiempo. "¿Reina Døå? ¿Puedo preguntarte algo?".

—Sí... ¡Dime! Pregunta lo que quieras, responde Døå.

—¿Tú sabes qué es el tiempo?, le dice el Caballero.

—Y Døå mirándolo a los ojos le contesta: Muchos intentan descifrar la unidad del tiempo y creen que lo han logrado, pero es muy difícil, porque lo que para unos es presente, para otros es pasado y aunque no pueden ver el futuro, lo imaginan como si pudieran tocarlo. Pero no es fácil describirlo ¿Entonces? ¿Por eso te estás preguntando qué es el tiempo? ¿Verdad?, pues el tiempo no se puede tocar, aunque lo intentan contar o recopilar en hojas de papel, pero los hechos demuestran que nadie ha vivido tanto para describir la longitud del tiempo. En realidad, mi concepto es que el tiempo es la secuencia variable de sucesos que cambian sin parar.

—Ahora Døå dice: Todos llegamos a este universo con muchos propósitos y dones especiales, poco a poco tu verás los tuyos.

—El Caballero le pregunta a la reina Estrella: ¿Pero tu crees que hay vida en otros planetas?

—La reina Døå le contesta: La posibilidad de encontrar vida fuera de nuestro planeta es incierta. Porque con los avances científicos que tenemos hasta el día de hoy, no se ha encontrado nada, y nuestra esperanza, es que algún día encontremos algo de lo que podamos estar orgullosos en nuestro sistema solar. Pues, tanta inmensidad nos deja sin palabras y mucho más cuando descubrimos que estamos solos en medio de la nada. Pero no te preocupes por eso, cuando empieces a escribir tu historia, en lo último en que pensarás es en ti mismo, porque si tu idea es tan grande como tus sueños, cualquier cosa en la que pienses se hará realidad. ¿Caballero? ¿Te sientes mejor?

—Él aprieta los labios y con voz temblorosa le responde: ¡Mira reina Døå, no sé de qué hablas! La mayor parte del tiempo estoy tosiendo y ahora solo puedo ver el brillo de tu reflejo, porque mis lentes se perdieron, me siento débil y solo, pues la vida se ha puesto en mi contra y la muerte me ha estado acechando en muchas ocasiones, ¿y todavía no sé por qué? Además, no me gusta el silencio ni la soledad de este lugar, aunque sé que para muchos el silencio representa un estado de reflexión, pero para otros es un estallido en el corazón. Yo también sé que el reflejo de las palabras cuando se dicen de verdad, golpean el alma y desbordan su inmensidad.

—Mira Caballero, la soledad es más que una actitud mental...

Porque, aunque estés rodeado de mucha gente, seguirás sintiéndote solo. Ahora la reina Døå con voz suave le dice en danés: **"Glem fortiden, lev nutiden intenst, se optimistisk på fremtiden, og du vil føle dig bedre"**. En español traduce: "Olvida el pasado, vive intensamente el presente, mirando con optimismo el futuro y te sentirás mejor".

Porque los guerreros tienen todo para ganar la batalla, pero su poder más grande no está en la fuerza, está en el sentimiento que se encuentra en lo más profundo de su corazón. Recuerda que tus pulmones están curados, y sin embargo no te has dado cuenta, pero antes de irme voy a regalarte un don especial, cierra los ojos, le dice la reina Døå.

—Y la mente del Caballero divaga mientras ella habla, y él piensa: "¡Wow!", en realidad estoy respirando bien.

—Él la mira con ojos de asombro y ella vuelve a decir con mucha ternura en idioma danés: **Luk øjnene, og du vil se, at farven bare er en optisk illusion. "¡Fordi kærlighed, selvom den ikke ses, mærkes mere, når den er i dine hænder!"**. En español traduce: Cierra los ojos y verás que el color es solo una ilusión óptica. "¡Porque el amor, aunque no se ve, se siente más cuando está entre tus manos!". ¡Mira! El color gris puede hacer alusión al pasado, pero cuando miras hacia el frente el pasado queda atrás, y hoy solo puedes divisar un futuro lleno de satisfacción.

—El Caballero ahora se sonríe, cierra los ojos y ella extiende sus manos hacia él. "¡Pero miren!" En medio de la oscuridad cuando los rayos luminosos de las manos de Døå entran en su retina, el Caballero empieza a gritar: ¿Døå? ¿Qué me has hecho? Siento fuego entrando en mis ojos ¡El dolor es muy fuerte y no puedo abrirlos, me duele mucho!

—Mantenlos cerrados "¡Ven!", te llevaré a otro lugar le dice la reina Døå.

En ese momento el caballero abre los ojos solo un poco y cuando estira los brazos hacia el frente, de sus manos sale fuego blanco con la potencia de un rayo y sin querer, el fuego cae en un árbol de almendras muy grande y queda tan encendido como una antorcha gigante en medio del bosque, pero la reina Døå con el aire helado de su boca lo apaga para evitar un incendio forestal.

—¡No los abras todavía! Grita Døå. Permanece con los ojos cerrados un poco más.

Ahora el Caballero siente que están flotando, hay mucha brisa y escucha el sonido del agua golpeando las piedras del río Magdalena.

—Y mientras están frente al río y a un lado del mar Døå le dice: Abre los ojos poco a poco.

—Pero el Caballero intenta y no puede, además siente los párpados muy pesados, quiere abrir los ojos nuevamente y pequeños rayos de luz blanca salen en medio de sus pupilas y le dice: Døå, algo salió mal ¡Mira!, los rayos de luz son tan fuertes que no puedo ver y lo único que veo es luz blanca.

Ahora él gira sus ojos hacia el río y la luz entra en el agua y en un instante puede ver los peces nadando.

—Ella se aleja diciendo: Adiós Caballero ¡Espero que disfrutes tu nuevo poder! Desde hoy verás, tanto en la luz del día, como en la oscuridad de la noche y no usarás más tus lentes.

—Y mirando al cielo de Barranquilla frente a la playa de Puerto Mocho, el Caballero le dice un poema a la reina Døå.

POEMA PARA DØÅ

Corre con el viento, camina con el tiempo y vuela con la brisa del mar, porque en los momentos de densa oscuridad, me regalaste lo que más quería, el respiro de mi aliento, y mejor aún, contigo pude ver por primera vez las luces del tiempo. Pero cuando te miro, me doy cuenta que nuevamente estoy entre el mar y el río, sentado en medio de un camino lleno de piedras que puedo ver en la oscuridad. Y tú reina Døå, flotando en el cielo con luces de fuego, girando en frente de mi, me ayudas en medio del tiempo.

—Ahora en el cielo se ve nuevamente un portal en forma de columna vertical de fuego, con aspecto de remolino plateado girando al lado del cuerpo de la reina Døå. Pero antes de entrar al portal, ella grita: ¡Corre Caballero! ¡Corre!, la luz que te persigue viene por el occidente.

El Caballero mira hacia atrás, pero no recuerda que está en Bocas de Cenizas, ve la luz y da saltos entre las piedras y el borde del río, pero mientras está corriendo, sin querer cae en el agua y la corriente está muy fuerte, trata de nadar para llegar a la orilla y no puede porque su cuerpo se sumerge totalmente, él asoma la cabeza, pero ¡No sabe nadar!, el río es muy profundo, chapotea con sus brazos y vuelve a sumergirse y empieza a caminar en contra de la corriente debajo del agua.

—Después de cincuenta y siete minutos, el Caballero se siente muy cansado de intentar salir de las corrientes del río y su nariz empieza a absorber de nuevo el agua, y lo último que recuerda es el destello de las estrellas en el cielo, y por más que lo intenta, su cuerpo lentamente sigue bajando en medio de la oscuridad de la noche, inconsciente desea salir, pero se siente tan débil que sigue descendiendo hasta lo más profundo de las corrientes del río Magdalena.

–Bocas de Ceniza: Es el punto de desembocadura del río Magdalena en el Mar Caribe. Debe su nombre al color cenizo que toman las aguas del océano al recibir las del río. Al lado izquierdo del camino de piedras, se encuentra la playa de Puerto Mocho.

–Puerto Mocho: Es la única playa dentro del territorio de Barranquilla y está ubicada al occidente de los municipios de Puerto Colombia, Galapa y Tubará.

–Agujero de Gusano: En física es también conocido como puente de Einstein. Es una hipotética característica topológica descrita en las ecuaciones de la relatividad, que esencialmente consiste en un atajo a través del espacio y el tiempo. Hasta la fecha no se ha hallado ninguna evidencia de que el espacio contenga estructuras de este tipo, por lo que en la actualidad sigue siendo una teoría de la ciencia.

–Remolino de Fuego: También llamado tornado de fuego, es un raro fenómeno en el cual el fuego bajo ciertas condiciones, dependiendo de la temperatura del aire y las corrientes, adquiere una vorticidad vertical y forma un remolino o una columna de aire similar a un tornado.

–Barranquilla: Es la capital del departamento del Atlántico y desde sus inicios fue uno de los principales puertos marítimos en las costas de Colombia. La ciudad es conocida por sus artistas de talla internacional. En el Museo Romántico se exhiben artefactos de festivales y famosos colombianos, como el escritor Gabriel García Márquez.

–Helechos: Son plantas vasculares sin semilla, cuyas características morfológicas más sobresalientes son sus hojas, usualmente pinadas y de color verde.

–Medallón de Oro: Solo los viajeros en el tiempo lo llevan en su cuello. En el año 2007 en la saga del libro número 2 el Secreto de las Flórez, encontrarás que este medallón fue diseñado por Aníbal Rosales.

–Topacio: $Al^2SiO^4(OH, F)^2$ Es un mineral y su nombre deriva de la isla Topazos que se halla en el Mar Rojo. Sin embargo, los yacimientos de esta isla son de olivina, frecuentemente confundida con el topacio. También es conocido como Gorka.

–Lentes: En el año 1285 el físico florentino Salvino diseñó las primeras gafas de la historia, uniendo dos cristales con un grosor y curvatura que son capaces de aumentar los objetos.

–Cometa Halley: Es un cometa grande y brillante que orbita alrededor del Sol cada 77 años en promedio.

–Portal del Tiempo: En este libro se muestra como una fusión de energía en movimiento, expresada por femtosegundos con partículas de fuego, en forma de un remolino vertical. Cada color del portal del tiempo es diferente, dependiendo del ADN del viajero.

–Femtosegundo: Es la unidad de tiempo que equivale a la milbillonésima parte de un segundo, es decir: En un segundo hay mil billones de femtosegundos. Caben tantos en un segundo, como segundos caben en 100 millones de años. Y se abrevia en la siguiente ecuación $1\ fs = 1x10^{-15}$.

GLÅSS
Reina Diamante

EPISODIO 3
FRÁGIL COMO EL HIELO
GLÅSS (Reina Número 5)

"Así como la lluvia corre con el viento, el deseo de los sentimientos, da vida a tus sueños".

DIAMANTE

Sumergido en lo más profundo del río, el Caballero escucha el eco de unas voces, aunque tiene los ojos cerrados y está medio dormido, se siente muy extraño y en ese momento recuerda que el rey Jazår le dijo que ahora puede respirar en el agua sin dificultad. "¡Claro, por eso no está muerto!". Abre los ojos lentamente y de ellos salen pequeños rayos de luz que le permiten ver a los peces en la oscuridad y "¡Miren!", delante de él hay un cardumen de pez bocachico de todos los tamaños; con sus escamas plateadas recorren las corrientes del río, lo rodean y él los observa muy sorprendido.

MAGDALENA COLOMBIA. El tiempo marca la noche del 7 de Julio del año 1759, en el bosque del pueblo de Sitionuevo.

Ahora puedo sentir el río Magdalena más tranquilo, pero cuando extiendo la visión, veo muchas plantas a mi alrededor y mis piernas están atadas con las algas del suelo fangoso del fondo. "¿Qué es esto? ¿Primero estuve a punto de ahogarme y ahora estoy enredado? ¿Prisionero?". Trato de soltarme pero no puedo y hago movimientos bruscos, porque parece imposible desatarme, tengo mucha rabia y sin pensarlo dos veces sale fuego blanco de mis manos, traspasando las moléculas del agua y quemando las algas que me enredan las botas. Por fin estoy en libertad y empiezo a nadar como un pez sin parar.

Mientras voy nadando, miro hacia atrás y hay una espada grande de acero al crisol enterrada en el río magdalena y cuando mis ojos la iluminan veo unas letras y "¡Miren!", la espada tiene un mensaje escrito en idioma danés: **"At være menneske, komplekst perfekt design, fuld af ufuldkommenheder"**. En español traduce: "Ser humano, complejo diseño perfecto lleno de imperfecciones". ¿Pero qué significa esto? ¿Y cómo llegó esta espada aquí? Ahora quiero sacarla de la arena, pero es muy pesada y está atorada. Continúo nadando hacia arriba y vuelvo a mirar atrás y sé que no habrá nadie que pueda contestar mis preguntas, pues la espada está envejecida y se nota que lleva muchos siglos aquí.

Al llegar a la superficie me rodean unas plantas con flores en color púrpura que flotan en el agua, y cuando estoy cerca de la orilla, escucho el susurro de las voces de varias mujeres hablando, pero trato de esconderme para no ser visto.

—Una de ellas con un grito muy agudo dice: **GLØE** ¡Mira! ¡Allá en el río hay un hombre!, y Gløe camina hacia delante y la otra mujer la empuja por la espalda, ella se dobla el pie y estuvo a punto de caer en el pasto, mientras tanto; la otra mujer solo se ríe a carcajadas con mucho jolgorio y astucia.

Ahora me sumerjo en el agua del río nuevamente para esconderme, pero decidí salir y ver en que lugar estoy. A lo lejos se ven tres mujeres más, cerca de un bosque lleno de flores blancas y árboles de coco. "¡Pero miren!". Cuando voy saliendo del agua, solo se escucha el crujir de las hojas secas del bosque y Gløe se devuelve cantando la canción Regresa.

Mientras tanto, la otra mujer viene caminando lentamente hacia mí, pero no se imaginan lo que les voy a contar, porque la luna despliega un rayo de luz en medio de la neblina y deja ver la figura de una dama hermosa. "¡Miren!" Además ella tiene puesto un vestido blanco diseñado en cuello de bandeja con arandelas y los hombros descubiertos, ceñido a la cintura y largo hasta el suelo, con bordados de diamantes en forma de flores con libélulas en los bordes, su cabello es rojo rubí largo liso y lleva puesta una corona con rosas y hojas de oro. También puedo ver su anillo de diamantes en forma de rosa en la parte superior y en su cuello lleva puesto un medallón.

Frente a frente nos miramos y le di un beso en su mejilla derecha, ella se sonríe y extiende su mano señalando el bosque, pero no dice ni una sola palabra y caminamos juntos en medio del pasto, como si nos conociéramos de mucho tiempo atrás y en realidad siento que solo la vi por primera vez esa noche.

—Después de un rato de silencio ella pregunta: "¿Caballero? ¿Tú me recuerdas?".

—Él responde: "¡No!" Nunca te he visto.

—Con ojos de picardía y moviendo sus pestañas hacia la derecha le dice: Mi nombre es **GLÅSS** la reina Diamante. Pero Caballero "¿Cuál es tu nombre?".

—Él no le responde y le pregunta: "¿Reina Glåss? ¿Dónde estamos? ¿Qué lugar es este?".

—Ella dice: Estamos en Sitionuevo en las riveras del Río Magdalena.

—En total habían siete personas, y en ese instante cinco mujeres que estaban cerca de una fogata en medio del bosque gritan desde lejos: "¡Vengan! ¡Ya está lista la torta de banano!".

—"¡Mira!", nos están llamando, dice el Caballero.

—¡No les prestes atención! Mejor camina hacia el borde del río, porque voy a mostrarte algo que necesitas ver, contesta Glåss.

Y al llegar a la orilla del río Magdalena, la neblina estaba en la superficie del agua y la reina Glåss de forma sutil, giró su mano hacia la derecha y la neblina se fue al otro lado del bosque.

—Ahora Glåss señala el río nuevamente y dice: "¡Mira el reflejo de tu rostro en el agua!".

—¿No? ¿Para qué? ¿Qué quieres que vea?, contesta el Caballero.

Al instante, él escucha el sonido de un violín y sus cuerdas se sienten como el canto de las aves al amanecer.

—¡Vamos! "¿Dime? ¿Quién está tocando el violín?". Pregunta el Caballero. Es que me pasa algo muy raro ¡Mira! Por muchos años, un Déjà vu hace que mire las huellas de mis dedos... Porque al oír el dulce sonido de un violín, cierro mi mano derecha como si lo estuviera tocando, y hasta el día de hoy solo lo he visto desde lejos... Por eso cada vez que lo escucho, lo saludo con pequeños recuerdos perdidos en el tiempo.

—Caballero, por favor ¡Mírate en el agua!, le dice Glåss otra vez.

—El Caballero camina hacia el borde del río, mira su rostro en el agua y empieza a gritar desesperado: "¿Pero qué pasó? ¿Ese no soy yo?".

—Sí... "¡Claro que eres tú!" Responde Glass. Ahora vuelve a mirarte otra vez.

—Y en ese momento el Caballero ve crecer en su rostro un bigote en forma de mostacho de color marrón cobrizo y dice: "¡No, no, no!" Solo tengo 27 años "¡Y en el reflejo del agua, me veo de más edad!".

—¡Déjame explicarte lo que pasó! Cada vez que los reyes del bosque te dan un don especial, tú pierdes 10 años de vida, le contesta Glåss.

—Cuando el Caballero escucha lo que ella dice, él grita con mucha desesperación: "¿Cómo? ¿Pero yo no he pedido esto? ¿De qué sirve respirar debajo del agua? ¿O ver en la oscuridad? ¿Si voy a morir más rápido? ¿Esto no tiene sentido?". Y mirando al cielo grita: "¿Que está pasando?".

—Glåss se acerca, tiernamente toca su espalda y le dice: No te preocupes más por los años que vivirás, de ahora en adelante no envejecerás más. Este es el poder que voy a darte, aunque tengas siete mil años tu aspecto siempre será de un joven. Cuando recibas tu medallón de oro "¡Te acordarás de mí!".

—¿Cuál medallón?, pregunta el Caballero.

Y mientras Glåss le habla, el Caballero olvida el medallón que encontró en la playa de Tubará y no se acuerda que lo tiene justo en el bolsillo derecho del chaleco, pero no presta atención, él solo está pensando: "Con solo saber que no voy a seguir envejeciendo me basta". Ahora él mira su rostro en el agua del río nuevamente y se sonríe.

—Caballero, todavía no me has dicho ¿Cuál es tu nombre? Pregunta Glåss.

—En ese momento llaman otra vez desde el bosque de los árboles de coco, y el caballero responde con otra pregunta: "¿Pero cuál es esa melodía?".

—La reina que está tocando el violín, me contó que un guerrero del tiempo le regaló las partituras de la composición primavera de las 4 estaciones de Antonio Vivaldi, contesta Glåss.

—¡Vamos! Me gusta el sonido del violín, dice el Caballero. ¡Miren! En medio de la noche, en plena oscuridad viene una dama a buscarnos, y en su mano derecha tiene una antorcha de hielo que emite luz blanca y nos ilumina mientras yo estoy besando a la reina Glåss nuevamente.

—Hola ¿Cómo estás? Dice la dama. Mi nombre es **MÏNÅ** la reina de Hielo. ¿Pensabas que no vendría a buscar a mi hermana? Desde el otro lado del bosque los estoy viendo y ella no tiene secretos conmigo "¡Siempre nos contamos todo!".

¡Miren! El vestido de la reina Mïnå es algo extraño y hermoso a la vez, como si ella misma lo hubiera diseñado, con fragmentos de cristales de cuarzo, pero tienen la forma de trozos de hielo formando copos de nieve y en su cabello rubio lleva puesta una diadema de oro blanco y cuarzo tallado en forma de estrellas de hielo, igual que su anillo y el brazalete que lleva en su mano izquierda.

—¡Vamos! Tenemos la visita de mi tía y llegó hace rato, dice Mïnå. Ella está con **DÏLÛX** contándole una de sus historias fabulosas, es algo que le sucedió de camino al bosque, "¡Vengan rápido!". En la fogata sentirás un poco de calor. "¿Estás con la ropa mojada, verdad? ¿No tienes frío?". Le dice Mînå al Caballero.

—¡No! El agua me gusta tanto, que ya no siento frío, contesta el Caballero.

—Ahora ellos están en la entrada del bosque de los árboles de coco y el Caballero dice: "¡Wow!" Es realmente hermoso.

En este bosque cada árbol está sembrado de forma circular, en un terreno de ciento setenta metros de diámetro, uno seguido del otro y una brisa suave hace que sus ramas se muevan todo el tiempo, son muy altos, además hay luciérnagas y libélulas en medio de una neblina tenue, que invade todo el lugar y "¡Miren!" En el centro hay una fogata de piedras caliche con fuego blanco.

—De repente el Caballero siente un olor agradable y mirando a la reina Glåss le pregunta: "¿Puedes sentir ese olor, verdad? ¿De dónde viene? ¿Huele a fresa silvestre?".

—Caballero, las flores blancas del bosque en la noche desprenden un aroma dulce que le dan ese toque tan especial a nuestro jardín, contesta Glåss.

—Y al otro extremo del bosque está la reina Dïlûz gritando: "¡Hey chicos, vengan a la mesa!".

—¿Quiénes son ellas? Pregunta el Caballero.

—Glåss se acerca a su oído y le responde: Ellas son **ČONSË** y mi madre es **LUZÅM** la reina vestida de azul, que está a la derecha, la otra es mi hermana Dïlûx y Gløe es mi prima, la que está tocando el violín.

El vestido de la reina Dïlûx es de color blanco con bordados de orquídeas azules, ¡pero miren!, en su brazo izquierdo tiene muchos brazaletes de oro en forma de león y su corona es de hojas con orquídeas y piedras de **cianita** azul, igual que su anillo de oro con un león tallado también.

El Caballero hace una venia con su mano derecha, inclina el rostro a tierra y las saluda, ellas sonríen y el caballero se sienta en una silla de piedra, a un extremo de la gran mesa y la tía de Mïnå, empieza a relatar su historia.

—Čonsë dice: Cuando estaba de camino al bosque, entré a la casa de la reina **OTÏ** mi querida madre y le llevé un ramo de margaritas blancas. Ella me preguntó: ¿Mija, tienes hambre?, yo le contesto que sí y me dio buñuelos con una taza de chocolate caliente, y mientras disfrutaba su comida, ella parecía una araña con un tejido de una blusa para mí. "¡Qué bella es mi madre!".

Contemplando la neblina de la noche y las libélulas, el Caballero se levanta de la mesa y señalando a la derecha le dice un poema a la reina Glåss.

POEMA PARA GLÅSS

Escúchame, solo quiero que me oigas antes que salga el sol, pues esta noche solo quiero que estemos juntos, porque mañana no sé a dónde voy, escúchame, ahora tengo que partir, pues los rayos de la lluvia no me dejan quedarme aquí. Al otro lado del sol, donde te encuentres yo voy, al otro lado del sol para que encuentres mi amor.

Y justo cuando estaban deleitando la torta de banano, ellos sienten un flash espeluznante en el bosque, pues todo el cielo era negro y las nubes se pusieron blancas en un segundo del tiempo. Y yo Dæl, quisiera describirles los vestidos de las reinas Glöe y Čonsë, pero ellas estaban sentadas y solo se ven sus coronas de flores; una corona era de margaritas tallada en murano y la otra de lirios de oro con cristales. En ese momento comenzó a llover y un trueno cayó justo en medio de la fogata y todo quedó en completa oscuridad, y del susto, todas las reinas se dispersaron. Glåss agarró el brazo izquierdo del Caballero y corrieron en el camino por el lado derecho del bosque, ahora miran hacia atrás y viene corriendo Mïnå también, vuelven a mirar otra vez y se dan cuenta que los rayos los están persiguiendo.

"¡Wow!" Al instante, la reina Mïnå giró su cuerpo hacia atrás, y extendió sus brazos al cielo abriendo las manos una delante de la otra, también colocó sus pies en posición de batalla, la rodilla izquierda flexionada y la derecha hacia atrás. Ella lo hizo para defenderlos de los rayos, pero todo su poder cayó en el río y el río

Magdalena se convirtió en hielo, igual que el agua del Polo Norte. En ese momento la reina Glåss miró al Caballero sonriendo, pero por dentro sólo sentía el dolor y el más frío sentimiento, que le dejó quien ella creía que era su gran amor, y nunca antes había deslizado sus pestañas con tanta frialdad, pues estaba engañando a los demás, pero por dentro llevaba gritos de llanto que quería ocultar sin parar.

—"¡Corre!" Caballero "¡Corre!" Escóndete al otro lado del bosque, además la reina Glåss le dice en idioma danés: **"Ligesom regnen løber med vinden, lysten til følelser giver liv til dine drømme".** En español traduce: "Así como la lluvia corre con el viento, el deseo de los sentimientos, da vida a tus sueños".

—Y mientras el Caballero corre al otro extremo del bosque por encima del hielo del río, él dice: ¿Pero, por qué me dices eso? Ahora él mira al suelo, sus lágrimas salen y grita desde lejos: Todos los días cuando salga el sol me preguntaré mi amor ¿Qué será de ti, desde el momento en que me fui? ¿Y será que los pájaros en medio del viento y el calor del fuego, te dirán a dónde voy? Estar en este lugar puede ser algo extraño para mí "¿Por qué puedo sentir, ver y oler el pasto verde de este bosque? ¿Pero? ¿Si esto es un sueño? ¿Y existe solo en los recuerdos de mi mente?".

—Glåss lo mira a los ojos y le dice: "¡No te sientas triste, ni paralizado, porque en un parpadear de segundos en el tiempo, volveré a tu lado!".

Glåss empieza a llorar también, pero miren "¡Wow!" Sus lágrimas al caer al suelo se convierten en diamantes. Y yo Dæl me doy cuenta, que cuando el Caballero ve a la reina Glåss llorar, ella le transmite toda su paz y lo bueno que hay dentro de su alma sale con destellos de amor.

—En ese instante Glåss le grita: "¡Corre Caballero! ¡Corre!".

—Adiós mi reina contesta el Caballero.

Ahora el Caballero sigue corriendo y detrás de él, no sólo está la luz que lo persigue, también están los rayos que caen del cielo, haciendo un sonido estrepitoso y no tiene un lugar donde esconderse, porque todo el bosque se ilumina con el resplandor de los truenos. Aunque el Caballero corre muy rápido, tiene miedo a ser alcanzado por los rayos y teme no poder regresar a su lado.

–**Sitionuevo:** Es un pueblo en el departamento del Magdalena, al norte de Colombia. Bajo su jurisdicción se encuentra el corregimiento de Nueva Venecia y tiene conexión vial con el Puente Pumarejo de Barranquilla.

–**Respirar:** Se cree que una persona normal puede dejar de respirar un máximo de dos a tres minutos y cuando pasa este tiempo, la acumulación del dióxido de carbono desencadena espasmos en el diafragma. Pero algunas personas desarrollan la habilidad de nadar bajo el agua por mucho tiempo y establecen récords mundiales difíciles de superar.

–**Acero al crisol:** Es un tipo de acero elaborado mediante diferentes técnicas fundamentadas en el lento proceso de calentamiento y enfriamiento del hierro puro en un crisol y siempre en presencia del carbono. La mayoría de las espadas de los vikingos estaban hechas con acero al crisol, para el que se necesitaba alcanzar temperaturas de fragua que la industria de metales no consiguió hasta siete siglos más tarde.

–**Tejido:** Es el resultado de entrelazar hilos naturales o sintéticos. En Colombia es muy común encontrar familias dedicadas a hacer diferentes prendas de vestir en tejido a crochet.

–**Diamante:** (C) Nombre tomado del griego antiguo αδάμας, adámas, que significa invencible. Es un alótropo del carbono donde sus átomos están dispuestos en una variante de la estructura cristalina cúbica. El diamante es la segunda forma más estable de carbono.

–Espada: Los guerreros vikingos utilizaban muchas armas, pero sin duda, la espada es el arma más característica de los pueblos nórdicos. Existían distintas clases en diferentes materiales.

–Nadar: Palabra que tiene su raíz en el griego néktos, nadar o flotar. Pocas personas aguantan mucho tiempo sin respirar debajo del agua. Pero el español Aleix Segura ostenta el récord de apnea estática, con veinticuatro minutos sin respirar.

–Regresa: Canción en forma de poemas, compuesta por Aníbal Rosales Domínguez e interpretada por Cinthya Cárcamo Anaya el día 21 de diciembre del año 2020. En el episodio seis encontrarás la letra de esta canción.

–Guerrero del Tiempo: En este libro son hombres y mujeres enviados por el jefe de los portales.

–Cianita: (Al^2SiO^5) Es una gema preciosa, cuyo nombre se deriva del griego kyanos, que significa "Azul".

–Copos de Nieve: son agrupaciones de muchos cristales de hielo en forma de estrellas, que caen de las nubes a temperaturas muy bajas.

–Antonio Vivaldi: fue un compositor, violinista, veneciano. Su maestría se refleja en haber cimentado el género del concierto clásico.

–Bocachico: Es un pez de agua dulce y de clima tropical. Vive en ciénagas y ríos. Es originario de la cuenca del río Magdalena, y se encuentra principalmente en el fondo.

JÆR
Rey Gato

EPISODIO 4
PUPILAS EN LA OSCURIDAD
JÆR (Rey Número 12)

"El amor es bueno, pero un corazón herido explota tan fuerte como el fuego de un volcán".

ORO

Los truenos son cada vez más grandes y uno de ellos cayó tan cerca del Caballero, que estuvo a punto de destrozar su pierna derecha, el rayo derribó un árbol y lo partió en dos pedazos, pero la energía del trueno con sus cargas electromagnéticas tiraron al Caballero en el suelo como un trozo de papel. Él se encuentra un poco aturdido y trata de ponerse de pie, pero cae al suelo otra vez y queda inconsciente, el impacto fue tan fuerte que minutos más tarde se levanta, y cuando abre los ojos, sale fuego blanco de sus manos con tanto poder que una parte del camino quedó en llamas, pero con el aire frío de su boca lo apagó. "Ahora sus lágrimas no son de hidrógeno y oxígeno, porque al caer al suelo se convierten en humo por la fuerza de la luz blanca que sale de sus ojos".

BARRANQUILLA, COLOMBIA. El tiempo marca la noche del 7 de Julio del año 1757, frente al Río Magdalena.

Quiero esconderme porque este lado del bosque está muy oscuro y sigo sintiendo como si detrás de los árboles me estuvieran mirando. Continúo corriendo y en un instante todo queda en completa calma otra vez, parece que la tempestad se ha ido, miro al cielo con nostalgia y una estrella fugaz cae. En ese momento siento detrás de mí el sonido de unas alas en el cielo y los destellos de una luz azul, "¡pero miro hacia arriba y no hay nadie!". Vuelvo a mirar al cielo del bosque y veo caer en el aire un brazalete con zafiros tan brillantes como el agua del mar con el reflejo de la luna llena. Coloco el brazalete en mi mano izquierda y continúo caminando con mucho cuidado y siento que alguien me está observando.

"¡Wow!" Miro a la derecha y veo luces de fuego de colores en forma de un remolino vertical, con el tamaño de un círculo de 3 metros de diámetro, con un extraño sonido como el zumbido del viento en una tormenta. "¡Pero miren!" Alguien está saliendo en medio de las llamas y de pronto desaparece la luz, y todo queda en completa oscuridad. Estoy muy confundido, pues tengo un poco de miedo al ver la luz en forma de fuego. "¡Voy caminando despacio y escucho un ruido en medio de los árboles y me hace saltar!".

Sigo caminando y despliego pequeños rayos de luz blanca desde mis ojos para ver mejor, y ahora observo el destello de una luz dorada que sale de los ojos de una persona que viene corriendo hacia mí, y doy un grito muy fuerte. Empiezo a retroceder en medio del pasto y el silencio del bosque, pero tropiezo y caigo al suelo húmedo, aunque no puedo ponerme de pie, mis manos y las piernas echan hacia atrás, mis ojos siguen iluminando y en frente de los árboles veo la figura de un hombre con rasgos faciales fuertes, vestido de negro con una gabardina con capucha, chaleco, corbata de moño, una espada de oro tallada en la parte superior, igual que su anillo con el rostro de un gato, y en el cuello un medallón. Sus ojos tienen pupilas de oro que resaltan con luz en medio de la oscuridad y él sigue caminando hacia mí.

—¡Miren! El Caballero se levanta del suelo y aunque tiemblan sus piernas, lo mira con el seño fruncido y extendiendo sus manos al frente le grita: "¿Qué pasa? ¿No tengo miedo? ¿Quieres asustarme?".

—El hombre baja la cabeza, hace una venia con la mano derecha, coloca su mano izquierda en su espalda y responde: Tranquilo amigo, no fue mi intención asustarte. "¿Pero? ¿Tú me recuerdas?".

—"¡No, nunca te he visto!", le contesta el Caballero.

—¿De verdad no te acuerdas de mí? Pregunta el hombre nuevamente.

—¡No! ¡Ya te lo dije! "¿De manera que no recuerdo ni quién soy yo? ¿Y voy a saber quién eres tú?".

—Amigo... Yo fui enviado para guiarte esta noche en el bosque "¿Pero? ¿Por qué estás sin zapatos?".

El Caballero mira hacia arriba y Dæl desde sus recuerdos le dice: "Tus botas se quemaron cuando quitaste las algas de los pies en el fondo del río magdalena".

—Hombre Gato yo perdí mis botas cuando estuve en el río, le contesta el Caballero.

—¿Te sientes bien? Pregunta el hombre de negro.

—Sin mirarlo a los ojos el Caballero le contesta: "A veces desearía hacer las cosas de una forma diferente, pero sé lo que es correcto, me esfuerzo, eso me hace sentir mejor y mantiene mi conciencia tranquila".

En ese momento un guerrero aparece de la nada y le entrega una caja de cartón al Caballero con un par de botas en su interior.

—Aunque se sorprende y se alegra el caballero dice: ¡No, no, no! Estoy bien así gracias. Pero el Caballero mira a la izquierda, y el hombre desaparece.

Yo Dæl... En ese instante me doy cuenta el momento exacto en que **ÅGÜI** el rey Electro, aparece en medio del bosque, le entrega unas botas negras al Caballero, y él solo se despide como un zumbido en el aire que desaparece en medio de las hojas de los árboles.

—Recibe las botas mi señor, además en el futuro las vas a necesitar. ¿Hey? ¿Pero? ¿Cuéntame? ¿Qué haces en tus ratos libres? Le dice el hombre de negro.

—Mientras el Caballero está reclinado en el suelo colocándose las botas, le responde: Bueno... Lo que más me gusta es la fotografía y el dibujo.

—¿En serio? ¡Yo también dibujo! ¿Pero? ¿Qué tiene de fantástico un pedazo de papel? ¿O una imagen? ¿No es más importante la vida? Pues no me malinterpretes, pero en el incendio de mi casa, con solo un minuto del tiempo, yo prefiero salvar a mi gato, y no a la pintura favorita de mi habitación, pues ese gato representa la vida y el ADN infinito de nuestros cuerpos. Le dice el hombre de negro.

—Claro... "¡Si lo dices de esa manera tan cruel, estoy de acuerdo contigo también!" Responde el Caballero. ¡Mira! Aunque vivimos momentos cruciales para la historia de la humanidad, deberías saber que pocos disfrutan los pequeños instantes marcados en segundos, a través del diseño perfecto de una imagen que transciende entre la luz y el reflejo del tiempo, y muchos también olvidan que la fotografía y un dibujo, no solo muestran el presente o el pasado, también muestran el futuro de generaciones mirando hacia el mundo infinito del arte. Ahora el Caballero sonríe y le pregunta: "¿Amigo, cuéntame? ¿Cómo te llamas? ¿Y de qué planeta vienes?".

—El hombre contesta: Mi nombre es **JÆR** el rey gato y para responder a tu pregunta, solo puedo decir que todos los guerreros somos del Planeta Tierra, pero estamos ubicados en diferentes dimensiones del tiempo y soy el rey encargado de siete mil hombres Gato. En mi primer viaje fui enviado a Colombia a los bosques de Minca, frente al mar Caribe, ¿Pero? ¿No sé por qué? Solo sé que nací en Venezuela en la ciudad de Mérida, y también recuerdo que mi padre es un rey vikingo, pues él y yo vivíamos en Ribe, frente al Mar del Norte, y hoy estamos en la dimensión número 3 en Barranquilla.

—"¿Y tú? ¿Rey Jær? ¿Has pensado que harías si supieras el día de tu muerte?". Pregunta el Caballero.

—Si desde el principio me avisaran el día que voy a morir, seguro pensaría en detener el tiempo, y viajaría con mis amigos a mi lugar favorito en las riveras del río Minca. Contesta el rey Gato.

—"¿Por qué no lo haces hoy?". Le pregunta el Caballero.

—El rey Jær responde: "¡Sí, todos sabemos que al final, los **attosegundos** del tiempo, nos llevarán sin previo aviso en cualquier momento!".

—"¿Y qué harías tú?", pregunta el rey Jær.

—"¿No sé? ¿No lo había pensado?", responde el Caballero mirando al suelo.

—¿Pero? ¿Caballero? Todavía no me has dicho: "¿Cuál es tu nombre?", le dice Jær.

—Y mirando hacia la izquierda del camino, el Caballero grita: "¡Cuidado rey Gato! ¡Viene un carruaje a toda velocidad!".

—¡Miren! El carruaje es antiguo diseñado en metal de color plateado y está iluminado con una antorcha a cada lado, guiado por dos caballos de color blanco y en la silla del cochero está sentada una mujer vestida de rojo. La dama frena el carruaje en frente de ellos y les dice: ¡Es tarde! ¿Qué? ¿Se quedarán aquí toda la noche? ¿Vamos?

El rey Jær mira la dama de frente, le guiña su ojo derecho y en ese momento, los 3 empiezan a hablar al tiempo.

—Gracias por traer el carruaje, pensé que olvidarías el mensaje, le dice Jær.

—"¿Quién eres? ¿Nos conocemos?". Pregunta la dama de rojo.

—Que pena mi reina, mi nombre es Jær, pero cuéntame "¿Cómo llegaste? ¿Cómo sabías que estaríamos aquí".

Bueno... Han pasado 7 años desde el día que encontré en la bolsa de mis flechas, un dibujo con mi rostro, y me causó curiosidad que en la parte de atrás del dibujo, había un escrito en letras góticas que decía: Quiero conocerte, ven por mí, además tenía escritas las coordenadas de este lugar, con la fecha del 7 de julio del año 1757 a las 7 de la noche "¡Y mira!" Por eso estoy aquí. Contesta la dama de rojo.

Pero mientras Jær habla con ella, en su mente, una y otra vez dan vueltas las imágenes del trágico accidente de la dama. Y todo esto lo vio por casualidad en sus viajes en el tiempo que hizo a Sierra Minca. "¡Claro!" Obviamente sin saber que la conocería en el futuro. Por esta razón Jær disfruta cada segundo que vive a su lado. El rey Gato también sabe que ni el presente, ni el futuro puede cambiarlo y es inevitable, así como tampoco podemos agarrar el agua de la lluvia que se escapa entre los dedos en la noche de un aguacero. Aunque algunos guerreros del tiempo quieren cambiar el futuro, pocos lo han logrado a pesar de sus muchos intentos. "¡Esta es la historia de Jær y su gran amor!". Y en ese momento mientras está hablando con su reina, saca del bolsillo del chaleco una fotografía antigua en la que aparece ella, y justo cuando quiere darle un beso a la foto, la imagen se desvanece entre sus dedos, así como en otoño las hojas de los árboles se las lleva el viento. ¡Miren! En algunas ocasiones el amor puede ser como el sol, aunque se siente muy cerca de tu piel, es inalcanzable como el oxígeno cuando estás nadando mucho tiempo debajo del mar.

Y lo que muchos de sus amigos ignoran, es que Jær lleva varios años regresando en el tiempo para salvar a su novia sin ningún éxito, y por esta razón Jær solo disfruta el presente, sin importar el futuro hasta este preciso segundo en el tiempo. "¡Hoy Jær continúa mirando su rostro de nuevo, como si fuera la primera vez, y al mirarla sus lágrimas se detienen en sus ojos y brillan como la luna llena con el destello de una tormenta por caer!".

—El Caballero sin darse cuenta de lo ocurrido, se acerca al hombre Gato y le pregunta: "¿Pero? ¿Qué te sucede? ¿Te sientes bien?".

—¡Nada! ¡No me pasa nada! Es que mi alma ha estado muerta por muchos años, pero solo vuelve a la vida cuando escucho el susurro de la voz de mi querida reina. Caballero, mejor entra en el coche y vámonos de aquí. Dice Jær.

—Mira hombre gato o como te llames, la verdad... "¡No voy a subir en ese carruaje loco, y menos con esa mujer vestida de rojo! Contesta el Caballero.

—Jær con ojos tristes y colocando su mano derecha sobre la cabeza continúa diciendo: ¡Espera un momento! ¡Déjame pensar! ¿Cómo te lo explico mi señor? En realidad yo viajé a través del tiempo, pero ella viene por el camino, y la he visto muchas veces, más de las que te puedes imaginar, pero hoy nuestra misión es que usted pueda ser guiado con seguridad en medio de la oscuridad de este bosque. ¡Ven acércate! Y susurrándole al oído le dice: Caballero te voy a decir un secreto, en uno de mis viajes mientras contemplaba su belleza, desde lejos dibujé su rostro en un papiro egipcio y también le escribí las coordenadas de este lugar con el día y la hora exactas para encontrarnos aquí. ¡Pero ella no me conoce aún! Y me es imposible dejar de recordar nuestro último beso y el sublime momento de sus caricias en mi piel, pero en otra dimensión del tiempo. Porque he aprendido que solo cuando un hombre sabe su origen, le será más sencillo recordar su pasado, y así puede dirigir mejor sus pasos con firmeza al presente.

Ahora el Caballero le dice al rey Jær en danés: **I går tabte du livets kamp... Men i dag vandt du kærlighedens krig**. En español traduce: Ayer perdiste la batalla de la vida... Pero hoy ganaste la guerra del amor. ¡Mira! "¿Cuál misión? ¿De que estás hablando? ¿Puedes ver el futuro?". Pero recuerda que las palabras cuando se expresan directo al corazón, hacen que un simple movimiento del dedo hacia el cielo, se conviertan en un tifón.

Jær no le contesta al Caballero, lo mira, baja la cabeza y trata de olvidar el pasado para volver a vivir el presente junto a su novia. Él no le dice nada porque un verdadero guerrero del tiempo es fuerte al andar, y aunque ríe, no deja de expresar con sus ojos el dolor que siente en su interior, porque el sabe que atrás quedó el pasado, y hoy de frente está el futuro, ¡un futuro que no es incierto! Es un futuro real, que paso a paso va llevando a algo mejor, "¡Algo lleno de ilusiones que no es fantasía, ni ficción!".

—El rey Gato se acerca sigilosamente a la mujer y le pregunta en el oído: "¿Tienes alucinaciones? ¿verdad?".

—¡Sí! ¡Normal! Todos los guerreros las tenemos. Contesta la dama de rojo.

—Bueno... ¡Es verdad! ¡Pero las tuyas no lo son! Porque lo que ves en tu mente son nuestros recuerdos de otra dimensión del tiempo. Replica el rey Jær.

—Ella mira hacia el frente, no le presta atención a lo que dice Jær y ahora la mujer grita: ¡Vamos! ¡Rápido! En el camino encontré a **ERCIØTI** el roba sueños, con algunos guerreros de su ejército, ellos estuvieron a punto de quitarme uno de mis sueños. Pero no les dije nada y cuando Erciøti se fue yo luché con sus jinetes y creo que los eliminé con mis flechas de rubí. ¡Adelante! ¡Entren al carruaje! ¡Dense prisa!

—¿Pero no sé quién es esa mujer? ¿Cómo se llama? ¡Yo no voy a entrar en ese carruaje de metal! ¡No! Una tormenta está por caer y el acero atrae los rayos ¿Jær? ¿Quieres morir? ¿Ella defiende sus sueños, pero no su vida? Pregunta el Caballero.

—Sentada en la silla alta del carruaje se ríe extendiendo su cabeza hacia atrás, y la dama tapa su boca con las manos, suelta una carcajada mirándolos y les pregunta:

¿Tienen miedo? ¿Verdad? ¡Vamos! Ahora la mujer los señala con su dedo índice y continúa diciéndoles: ¡Suban al carruaje! Mi nombre es **YØÅ** la Reina Rubí, solo quiero ser amable ¡Suban!

—Caballero para contestar a tu pregunta ¡No! ¡No quiero morir! Y no puedo ver el futuro, contesta el rey Jær. A los guerreros no se nos permite recordar todo por completo, solo pequeñas fracciones y de allí nacen los déjà vu ¡Mira! Lo único que puedo decirte ahora, es que solo podemos viajar a siete dimensiones del tiempo, y también quiero que estés muy pendiente, cuando yo te pase mi fuerza electromagnética debes estar muy concentrado y todo saldrá bien.

–¡No entiendo nada de lo que dices! ¿Puedes ser más claro? ¿Pero? ¿Eres un guerrero o un rey? Le pregunta el Caballero.

Cuando viajas en el tiempo en distintas dimensiones, puedes ser ambos, un guerrero o un rey, pero eso no es importante, lo que realmente te debe importar, es lo que vives intensamente en el día de hoy. Y también Recuerda esto: **Tøv ikke fra begyndelsen med at projicere dine drømme... For den eneste, der kan give dem enden, er dig.** En español traduce: No dudes desde el principio proyectar tus sueños... Porque el único que puede darles el final eres tú. Le contesta Jær.

—¡Wow! ¡Qué bella es su sonrisa! Dice Jær suspirando y mirando a la reina Yøå. Su cabello es rojo y la corona es de oro con piedras de rubí con la forma de muchas flechas

¡Me encanta! Mira el brazalete y en su cuello lleva puesto el medallón, el vestido en la parte superior está diseñado con dos arandelas de hombros descubiertos, largo hasta el suelo, bordado en canutillos rojos formando símbolos que representan castillos. ¿Es muy bella verdad?

—¡Yo solo veo a una guerrera normal! Contesta el Caballero. Ahora miro a Jær y su cara es como si estuviera viendo un plato de comida, los ojos de asombro y la boca abierta, como un bobo observando a la reina Yøå.

—Jær extiende su mano, guiña el ojo derecho y le dice a Yøå: Cuando pienso en ti, mi mundo deja de ser gris, porque le das color a mi alma y tu reflejo transforma mi pena en calma y aunque estés muy lejos, imagino que estoy a tu lado y con mis dedos vuelvo a tocar el borde de tus labios. Hoy no puedo evitar pasar por los lugares donde juntos caminamos "¿Pero? ¿No sé qué estoy buscando?". Tampoco puedo dejar de recordar el día en que el fuego de tu amor se desbordó cuando éramos uno y nos convertimos en dos, y al final mirando a la izquierda solo pude ver el reflejo de tu sombra que se perdía entre las tinieblas, pero mientras te ibas, la felicidad y la tristeza se tropezaron tan rápido que ni tiempo me dio de llorar, y mi único consuelo era encontrarte de nuevo, porque estaba tan distraído que no me di cuenta que te habías ido. Y aunque muchas veces he intentado borrarte de mi mente ¡No puedo! Y mucho menos he podido quitar las huellas del ayer, que dejaste pegadas en mi piel. ¡Oh amada mía, escúchame! Al otro lado del camino donde todos ya se han ido, porque hoy solo tengo el eco del sonido de tu voz.

Jær nos ha dejado sin palabras, con tanta vida en sus frases y con tan corto tiempo para vivir su querida novia. Pero hoy ha olvidado que mientras unos ganan, en apariencia otros pierden y con el giro de las luces del tiempo, solo al final, los fuertes ganan más.

Yøå sonríe y mira a Jær de forma despectiva porque no entiende sus palabras ¡Pero miren! En ese momento, ella saca una flecha de rubí de la bolsa que está en su espalda y con un arco de oro apunta con firmeza al Caballero.

—Con las manos extendidas hacia el frente el Caballero dice: ¡No! ¡No me hagas daño! ¡Reina Yøå! ¡No!

Ahora Yøå lanza la flecha con fuerza y le da en el brazo izquierdo a un guerrero del rey Erciøti que estaba detrás del Caballero, pero el guerrero corre tan rápido que se pierde por el bosque.

—Ella dice: Tranquilos solo hay siete faltan cuatro ¡Suban ya!

De inmediato Jær y el Caballero suben al carruaje de metal, pues a lo lejos detrás de ellos vienen cabalgando cuatro guerreros roba sueños. Pero lo que sucedió después, ¡fue más impactante aún! Porque la reina Yøå emprendió el viaje a toda velocidad, escapando de los cuatro jinetes que quedaron en el bosque. Pero ellos van tan rápido que parece como si el carruaje se saliera del camino y tienen temor de caer al hielo que se formó en el río Magdalena.

—Y el Caballero empezó a gritar muy fuerte: "¡Yøå despacio por favor!". Mientras tanto el rey Jær estaba muy tranquilo al otro extremo de la silla del coche.

Los roba sueños son jinetes italianos que pertenecen al ejército del rey Erciøti, ellos están en los bosques y pelean con flechas de fuego blanco y armadura en piel de lobos salvajes y van destruyendo todo a su paso.

¡Pero miren! Por mucho que Yøå conducía tan rápido, los roba sueños seguían detrás de ellos. Y en ese momento la reina Yøå se detiene para enfrentarlos, todos bajan del coche y se colocan en posición de batalla, a la distancia de siete metros y se miran frente a frente.

—Un jinete roba sueños hace señas al compañero y le dice: ¡Parece que se están dando por vencidos, mira como tiemblan al vernos!

—De repente se sienten vientos fuertes de huracán y una tempestad empezó a lanzar el flash de los relámpagos y el Caballero grita: ¡Miren! Cayó un trueno al río y desintegró todo el hielo de un sopetón y el río volvió a ser líquido otra vez.

Y sin temor, el rey Jær levantó su anillo dorado de gato y lanzó una frecuencia de onda de luz en dirección a la Galaxia Andrómeda y de la cintura para abajo se transformó en el cuerpo de un Gato Montés negro y él se convierte en el primer rey mitológico que veo en este bosque.

—¡Espera un momento mi reina! Ahora Jær extiende su mano hacia Yøå, toca su hombro y le dice en danés: **"Kærlighed er godt... Men et såret hjerte eksploderer lige så hårdt som ilden fra en vulkan"**. En español traduce: "El amor es bueno… Pero un corazón herido explota tan fuerte como el fuego de un volcán". Mi amor, ser valiente no significa ganar la batalla, pero si luchamos juntos contra la maldad, al final la verdad vencerá. Después de la última vez que te vi, no he dejado de pensar en tí, una y otra vez vuelve en mi mente, un flash de imágenes que me recuerdan cuanto te amo. Pues tu haces bombear mi corazón y me recuerdas lo bello que es el amor. ¡Mira! Te escribí un poema y espero que te guste, cuando todo acabe, te lo voy a leer, por ahora colocaré el poema en el bolsillo de mi chaleco. Pero nunca olvides que eres lo más bello que he tenido, y cuando no estamos juntos, tu recuerdo alimenta mi alma y me hace grande al despertar cada mañana.

–Yøå mira los ojos del rey Gato y le contesta: Parece que sabes mucho del amor, pero no has sufrido tanto como yo.

—¡Sí lo sé! Trato de entender tus sentimientos y es verdad, durante estos años he vivido de otra manera. Le contesta Jær a la reina Rubí.

—Jær grita: ¡No! ¡Cuidado! ¡Mi reina! ¡Yøå!

Y tan solo en un segundo de descuido, un roba sueños que está ubicado a la derecha, lanza una flecha de fuego blanco contra la reina, pero Jær para salvar a Yøå, la empuja con su cuerpo de gato con tanta fuerza, que los dos caen en el suelo húmedo deslizándose por la hierva del bosque como la espuma de las olas del mar, y al final la flecha del roba sueños entra en un árbol gigante de coco y el árbol desaparece frente a sus ojos como partículas de cenizas que se las lleva el viento.

En medio de la tempestad, Jær se levanta rápidamente y alzando su espada al cielo, un rayo con toda su fuerza electromagnética cae sobre ella. Y la espada resplandece con fuego blanco, ahora el rey Jær lanza todo el poder de su espada directamente al cuerpo del Caballero. ¡Y miren! El Caballero quedó estático, sus ojos están en llamas y todo su cuerpo empieza a resplandecer con rayos blancos en medio de la noche y sus pies lentamente se suspenden en el aire y cuando está en lo más alto, sobre el río, el Caballero extiende los brazos con las manos abiertas y lanza fuego blanco con mucha fuerza a los 4 roba sueños y ellos se pulverizan como partículas de humo que se confunden en medio de la neblina.

El cabello y el bigote del Caballero se están quemando con la energía electromagnética del rayo, y ahora el cuerpo del Caballero se desploma en el aire, los latidos del corazón desaparecen y sin vida el Caballero sigue cayendo desde el cielo, con siete metros de altura por encima del río Magdalena.

–Dimensión del tiempo: En este libro este término, se refiere a 7 estaciones del tiempo en la que los guerreros viajan por medio de un portal, y la dimensión número 1 comienza a partir del año 2017, año en que se hace en primer viaje en el tiempo en el laboratorio de Dälåf, y las dimensiones dan su inicio desde el año 997 hasta la dimensión número 7 que finaliza en el año 2770. La única condición que tienen estas dimensiones, es que cada uno de los guerreros puede viajar solamente en la noche del 7 de julio dentro de estos años.

–Déjà vu: En francés significan los momentos en sueños o recuerdos de alguna experiencia que se siente como si se hubiera vivido previamente.

–Attosegundo: Es una unidad de tiempo equivalente a la trillonésima parte de un segundo y se abrevia con la ecuación 1 es = 10-18 s.

–Minca: En 1817 por su clima fue uno de los primeros lugares en cultivar el café en Colombia. Es un pueblo del departamento del Magdalena, se dice que es la capital ecológica de la Sierra nevada de Santa Marta.

–Rayo: La descarga eléctrica de un rayo que está cayendo del cielo, es acompañada por la emisión de luz a la que llamamos relámpago, este rayo ioniza las moléculas del aire y como resultado final hace el sonido del trueno. La corriente eléctrica que cae, calienta y se expande rápidamente en el aire. Los rayos puede generar una energía instantánea de unos pocos gigajulios.

–Gigajulios: Es una unidad de energía equivalente a mil millones de julios. Se utiliza el símbolo GJ para abreviarlo. Un gigajulio equivale a 1.000.000.000 de julios.

–Galaxia Andrómeda: Edwin Hubble encontró unas estrellas de color café en fotografías, demostrando que tales objetos en espiral, eran en realidad la galaxia Andrómeda.

–Vikingo: Del nórdico antiguo víkingr. Es el principal nombre dado a legendarios guerreros, provenientes de los pueblos nórdicos originarios de Escandinavia, famosos por ser grandes navegantes.

–Oro: (Au) Es un elemento químico cuyo número atómico es 79. Es un metal precioso blando de color dorado. Por ser uno de los máximos conductores de la electricidad es utilizado en los microchip de los teléfonos celulares.

PÅU
Reina Morpho

EPISODIO 5
MARIPOSAS AZULES
PÅU (Reina Número 19)

"Solo cuando buscas lo bueno en los demás, encuentras lo mejor que está escondido dentro de ti".

ZAFIRO

Es de noche, hay luna llena y se ven pequeñas gotas de lluvia con una neblina muy tenue y desde el cielo está cayendo el cuerpo de un hombre de espalda, sin fuerzas y sin aliento de vida.

—El rey Jær grita: "¡Yøå! ¡Ven! ¡Vamos! ¡Corre! ¡Hacia la orilla del río!". Él con su cuerpo de gato montés y su velocidad, trata de ayudar al Caballero que cae desde el cielo. Pero ellos discuten mientras llegan corriendo a la orilla del río, sin saber que en realidad el Caballero está muerto. El vestido rojo de Yøå se rompe en la parte de abajo de la falda y un pedazo de tela queda entre el pasto y unos trozos de madera seca. Ellos siguen corriendo muy rápido con la esperanza de ayudar y anhelan poder cumplir su misión con éxito hasta el final.

—Ahora grita desesperado: ¡Más rápido! ¡Apresúrate! ¡Yøå! ¡Vas muy lenta! Dice Jær.

—La Reina Yøå le responde: "¡Pero míralo... Por la forma en que desciende parece estar muerto!".

—Jær corre delante de ella y grita: Si dejamos que caiga al río, se va a golpear tan fuerte que morirá al instante. No sé qué hacer ¡Pero no voy a entrar en el agua! Quisiera tener alas para agarrarlo en el aire. Y apretando el medallón del tiempo de su cuello grita: "¡Jefe ayúdanos!"

—"¿Jær? ¿Los escuchas?". Hay unos caballos galopando hacia nosotros, le contesta la reina Yøå.

Ella gira su cuerpo a la derecha y ve en medio del bosque a dos reyes Robå Suëños que vienen en dirección a la orilla del Río Magdalena, uno de ellos está herido con una flecha de rubí en el brazo izquierdo y el otro con una flecha en la pierna. Y en sus manos llevan flechas de fuego blanco con arcos de acero, apuntando hacia al cuerpo del caballero que cae desde el cielo. Ahora los Robå Suëños lanzan al tiempo dos flechas y Yøå desde sus manos les manda rayos rojos con tanta fuerza que los dos Robå Suëños quedan sin vida.

La escena es espantosa, pues la luz de la luna deja ver en el cielo, las flechas de los Robå Suëños que van en dirección al cuerpo del Caballero, y la reina Yøå no puede evitar la tristeza se pone a llorar y sus lágrimas salen sin parar. Al ver su misión frustrada con un final inesperado "¡No lo puede creer!". Y de repente un portal de fuego azul aparece iluminando el cielo y en un instante el cuerpo del Caballero es envuelto con la luz azul del portal.

—Jær grita a lo lejos: Yøå "¡Mira!" **DÄLÅF** el jefe nos está ayudando. Envió una mujer mariposa y se está llevando el cuerpo del Caballero.

—¿A dónde lo lleva? ¿Cómo sabes que fue el jefe? Dice Yøå.

—¡No lo sé! Pero vi esta escena en otras batallas de la dimensión número siete, le contesta Jær.

De la felicidad él corre hacia Yøå, la sostiene por la cintura, la eleva en el aire y le da una vuelta, disfrutando el final de la misión, ella lo abraza muy fuerte y juntos miran las estrellas.

La escena fue tan rápida que ellos quedaron mirando el cielo y en el aire húmedo se escucha el sonido de un remolino de fuego azul con movimientos circulares; en forma vertical con un radio de siete centímetros y va aumentando hasta llegar a los 3 metros con setenta centímetros. "¡Wow!", poco a poco se van colocando debajo del caballero en el vacío las luces de fuego azul y este portal del tiempo, lo absorbe y en un instante el cuerpo del Caballero desaparece con la mujer mariposa sin dejar rastros. Ahora solo se ven caer sin velocidad las flechas de los Robå Suëños en el agua del río Magdalena.

Jær y Yøå siguen abrazados mirando el cielo, esperando la siguiente misión. Y en ese momento un rayo cae sobre el río con un sonido impactante. Y después, un silencio total quedó en todo el lugar. Jær toca el bolsillo de su chaleco y olvida que ese el momento exacto para leer su poema a la reina Yøå.

—Y mirando al cielo el rey Jær entre susurros le dice a Yøå: Todo pasó tan rápido que solo me quedan buenos recuerdos de este lugar, era como si escuchara a dos mujeres cantar **"Duo des fleurs"**, mi música favorita de ópera francesa. "¡Y aunque hemos pasado cosas muy fuertes, de algo estoy seguro, esta noche nadie podrá robar ni un segundo de mi paz!". Cuando no estás, cierro los ojos antes de dormir y puedo ver tu cuerpo a mi lado. Por eso hoy solo quiero sentir el calor de tu voz con el recuerdo del viento, aunque sé que siempre lo siento en el reflejo de mis pensamientos. Te pido perdón, querida mía si soy muy cursi, pero así soy yo, cuando pienso en vos.

Ahora en la mente del rey Jær se escucha una música de ópera.

"Duo des fleurs"

Sous le dôme épais où le blanc jasmin À la rose s'assemble, Sur la rive en fleurs, riant au matin, Viens, descendons ensemble.

7 AÑOS DESPUÉS

MAGDALENA, COLOMBIA. El tiempo marca la noche del 7 de julio del año 1741, en el pueblo de Minca.

Es de noche y se siente el sonido del agua del río Minca descender desde lo más alto de los nevados, con el canto de los autillos y el resonar de los grillos, la luz de la luna deja ver el agua cayendo en las Cascadas de Marinka, cerca de una montaña, frente al Mar Caribe a unos cincuenta y siete kilómetros de la Sierra Nevada de Santa Marta. ¡Miren! Ahora se escucha el sonido de dos portales del tiempo girando sus luces de fuego, uno es de muchos colores y el otro portal es rojo, el portal de color rojo se abre sobre el camino que conduce a las cascadas y el otro portal se extiende justo en medio del río y Jær el rey Gato, con su traje de gala y una gabardina negra con capucha, cae en el río frío, tan helado como el Mar del Norte.

Mientras tanto, Yøå la reina Rubí, llega a través del portal de color rojo y sale a buscar a su querido rey, ambos vienen de una misión, pero en diferentes dimensiones del tiempo y solo después de siete años, el Jefe de los portales los une otra vez.

Ahora Yøå busca a Jær en medio del bosque, aunque están muy cerca, la reina Rubí camina hacia arriba de la montaña en dirección contraria y lo pierde de vista. Toma del suelo un trozo de madera, para hacer una antorcha de fuego rojo con el poder de sus dedos y así, buscar al rey Gato entre los árboles.

—Yøå Grita desesperada: "¿Jær? ¿Jær mi rey? ¿Dónde estás?". Y antes de encontrarlo, coloca la antorcha a un lado del camino y toma una de sus flechas señalando en varias direcciones, al sentir un sonido extraño en el bosque.

Ella mira su reloj, son las siete de la noche y piensa que todos están dormidos. Pero el sonido de los autillos la asustan mucho, porque justo en ese momento se escuchan sonidos detrás de los árboles y no quiere mirar, sólo quiere sentir que nada de lo que está sucediendo es real y simplemente quiere despertar. Ahora escucha el maullido de un gato, corre a su encuentro, pero no es Jær, agarra la antorcha nuevamente y sigue corriendo cuesta abajo, dobla hacia la derecha y por fin encuentra las Cascadas de Marinka.

—Allí está Jær saliendo del agua, sacudiéndose, maullando, refunfuñando y diciendo: ¡Que frío terrible! "¿Donde estoy? ¿Yøå por qué tardaste tanto?".

—Yøå le dice: Espera un momento mi Rey.

¡Miren! La Reina Rubí extiende sus manos hacia él a un metro de distancia y le cubre el cuerpo con ondas ultravioleta de calor. Y el rey Jær quedó seco al instante.

—Él dice: Mi Reina "¿Cómo hiciste eso? ¿De qué año vienes? ¿Dónde dejaste el carruaje?".

—Ella no le presta atención a tantas preguntas, le agarra las orejas, lo besa apasionadamente y susurrándole en el oído le dice: Concéntrate en la misión "¿Qué sabes del caballero? ¿Dónde está? ¿Estás informado?".

—Él responde: Mi Reina, tú sí que sabes como callar a un gato "¡Ya te lo voy a decir!". Bueno, en realidad el jefe nos envió aquí para buscar al Caballero, tal parece que el día de la batalla murió. ¡Sí! Así como tú pensabas. ¿Pero, dónde está su cuerpo? ¿Te dijeron dónde lo colocaron? Porque a mí no me dieron ningún detalle de lo que pasó.

—Yøå le contesta: ¡No! Yo tampoco sé, pero entonces "¿Dónde está el cuerpo del Caballero?" ¡Lo sabía! Pocas veces me equivoco, son muchas batallas en las que he participado por años y su apariencia era la de un hombre muerto.

Ella toma al rey Gato del brazo y caminan hacia arriba de la montaña, en busca del Caballero, pero cuando están subiendo la colina unos indígenas Taironas corren detrás de ellos y un rey que lleva puesto un casco de metal les grita "¡Deténganlos!".

¡Miren! Este rey tiene en su espalda alas grandes de un pájaro con plumas azules, lleva un casco cónico con piedras de zafiros en la parte superior formando una corona y en el pecho una armadura de metal, diseñada en iridio y también tiene piedras de zafiros formando la figura de un alfil igual que el brazalete y el anillo que usa en su mano izquierda. Además, está encargado de los siete mil hombres Alfil. Jær sube a Yøå en su cuerpo de gato gigante y corre a toda velocidad, sin la más mínima intención de ser capturado.

El rey con alas azules corre detrás de ellos y les dice: Mi nombre es **DÅGÜX** rey de los Alfil, ¡en nombre de la reina están arrestados! Les recuerdo, toda la Sierra Nevada es territorio privado y ustedes no tienen permiso para estar aquí.

Jær no lo escucha y sigue corriendo sin parar y el rey Alfil extendió sus alas y voló tan rápido que, en un instante, abre su mano derecha en frente de ellos y les esparce un humo de color azul y ellos quedan paralizados y caen al suelo de inmediato. Al rato llegan los indígenas Taironas y se los llevan prisioneros a Casa Elemento.

Cuando Jær y Yøå despiertan, solo pueden ver las estrellas, pues ellos están inmóviles con grilletes en sus manos, atados en unas mallas gigantes elaboradas con un material especial resistente al fuego, a la orilla de un precipicio y las mallas se mueven como un péndulo de derecha a izquierda con la brisa helada y la neblina de ese lugar, ahora los gritos de Jær se escuchan en todo el valle y el eco resuena todo el tiempo.

—¡Llamen a la reina! Grita Jær. ¡Están cometiendo un error "¡Rey Dågüx! "¿Me oyes? ¿Dónde está el cuerpo del Caballero?".

—Ahora Jær le susurra a Yøå: Los Taironas y el rey Dågüx escuchan mis gritos y desde lejos puedo ver que están tomando cerveza de hidromiel en sus cuernos de oro, tallados con el cuerpo de un caballo de mar, esa es la bebida favorita de mi padre, "¡Que delicia!", también puedo sentir su aroma desde aquí. Pero ellos no me prestan atención. ¡Mira Yøå!, ahora están entrando en el bar unos violinistas y tocan música de ópera y una mujer ave con alas blancas empezó a cantar la flauta mágica de Amadeus Mozart y en el fondo del salón veo también al rey Dågüx jugando con las fichas de oro de un ajedrez.

—Yøå le pregunta: "¿Cómo sabes que es ópera de Mozart? ¿Estuviste allí? ¿Por qué no me habías dicho? ¿Tú sabes cuanto amo la música?".

—Si mi reina ¡Lo sé! Yo estuve en Viena el 30 de septiembre de 1791 le contesta Jær, eso fue dos meses antes de la muerte de Mozart y desde una ventana pude escuchar, cuando él le decía a una mujer, que debía cantar imitando una flauta ¡Fue genial! Un momento difícil de olvidar.

—Pero Yøå "¡No te muevas tanto!" Me tienes mareado, cada minuto que pasamos aquí nos roba tiempo valioso de la misión.

—Yøa dice: Me muevo porque estoy intentando quemar los grilletes con los rayos ultravioleta de mis manos, pero todo esfuerzo que hago es en vano.

Así que ambos se quedan dormidos otra vez. ¡Miren! En medio de la madrugada y la neblina del valle de la montaña, un portal del tiempo de color gris plata, se pone sobre ellos en forma horizontal y sus luces dejan caer al lado de las mallas a un hombre vestido de blanco.

—Él los despierta susurrando en el oído y les dice: ¡Tranquilos no se asusten! Mi nombre es **MÎÅN** el Rey del Viento y fuí enviado para ayudarlos a salir de Casa Elemento, afuera hay un carruaje de madera que podemos utilizar para escapar.

—Mîån les pregunta: ¿Quién tiene las llaves de los grilletes? ¿Cómo lo identifico? Es que hay mucha gente aquí.

—Yøå le dice: Las llaves las tiene el rey Dågüx en el cinturón, él es el único con armadura de metal, pero "¿Cómo se las quitarás?".

—Y mientras Yøå habla, Mîån con la velocidad del viento helado en invierno, tomó las llaves del rey Dågüx y él no se dió cuenta, soltó los grilletes de ambos y colocó las llaves en el cinturón del rey nuevamente. Aunque los tres se escapan de Casa Elemento, **JÊÜX** el Rey de los Taironas, los ve, corre detrás de ellos y lanza sus flechas de oro, pero las flechas no los alcanzan y en apariencia ellos entran ilesos en el carruaje.

—La brisa del Mar Caribe golpea el carruaje y los árboles se mueven de aquí para allá en medio del frío de la noche. Mîån conduce a toda velocidad y con gritos les pregunta: "¿A dónde los llevo? ¿Cuál es la misión? ¿Tienen un plan?".

—Jær con voz fuerte contesta: La misión es buscar el cuerpo del Caballero, mientras estábamos atados en las mallas, escuché al rey de los Taironas decir que el Caballero se encontraba en un lugar llamado Sierra Minca, allí está el bosque de la reina Morpho.

—Jær continúa hablando y le dice a Yøå: Este momento es muy extraño, siento como si hubiera pasado antes, a lo que la gente le dice déjà vu y es como si estuviera volviendo a vivir este momento. A veces creo que estoy haciendo las cosas que no me pertenecen y solo sigo las órdenes del Jefe de los portales, aunque la verdad ¡No me importa!, yo me siento bien así. ¿Te pasa lo mismo mi querida Reina? ¿Me estás prestando atención? Pero cuando la miro, ella está dormida dentro del carruaje y pienso: Yo como siempre hablando sólo, y con un susurro al oído le digo en idioma danés: **"Først når du leder efter det gode i andre, finder du det bedste, der er skjult i dig"**. En español traduce: "Solo cuando buscas lo bueno en los demás, encuentras lo mejor que está escondido dentro de ti". Querida mía duerme, pronto llegaremos a Sierra Minca. Mi amada, de tu corazón solo salen cosas buenas "¡Descansa!". Ahora coloco su cabeza en mis piernas y no me canso de acariciar su cabello rojo mientras llegamos a nuestro destino.

Pero yo Jær mientras el carruaje está en movimiento a unos pasos de llegar a Sierra Minca ¡Wow! ¡No van a creer lo que estoy viendo! Miro hacia el bosque y estoy yo mismo asomado detrás de un árbol y con ojos de asombro frente a frente nos miramos, y es justo allí donde recuerdo que ninguno de nosotros deberíamos estar en ese bosque. Pero al ver que no podía hacer nada, decidí callar y continuar en la persecución. A medida que subimos a lo alto de la Sierra Nevada, la neblina y el frío son cada vez más fuertes, pero es tan hermoso el lugar que ignoramos el frío y contemplamos desde la ventana del carruaje los árboles gigantes del bosque.

—Mientras tanto, al otro lado de la montaña, en Casa Elemento, Jêüx le dice a Dågüx "¡Tengo algo que contarte!". Cuando estábamos jugando ajedrez, vi a un hombre extraterrestre caer desde un remolino de fuego plateado, que apareció en el cielo.

—Dågüx lo mira y se ríe a carcajadas.

—A Jêüx le da mucha rabia y con gritos le dice: ¿Pero? ¿Por qué haces los ojos así? ¿Por qué te ríes? ¿No me crees? No estoy diciendo mentiras "¡Yo lo vi!".

—Además debes saber que nunca fallo cuando estoy defendiendo mi territorio. ¡Mira! Una de las flechas envenenadas rozó el brazo derecho de la mujer del vestido rojo. Estoy seguro que ni cuenta se dió, "¡pero lo cierto es que ella no llega viva!".

—Mîån muy alegre dice: Hey... "¡Chicos llegamos a Sierra Minca!".

—Jær siente la voz de Mîån y el momento en que detiene el carruaje, ahora él dice: "¡Yøå mi amor! ¡Despierta!".

En ese instante Jær desea devolver el tiempo, porque muchos recuerdos pasan por su mente, ¡y no quiere ver la realidad! Solo se conforma con la esperanza de sentir su respiración de la reina Yøa, pero lo que más le duele es no poder parar ese segundo en el tiempo y ver sus ojos abiertos otra vez.

—Ahora el rey Gato levanta sus hombros y la cabeza de Yøå se descuelga y Jær se da cuenta que su cuerpo está sin vida, con una expresión de asombro en el rostro, sus ojos se llenan de lágrimas y dolor en el corazón, la toma en sus brazos, sale del carruaje, camina unos pasos y cae de rodillas al suelo de la montaña, y mirando al cielo en plena noche dice: ¿Yøå? ¿Despierta? ¿Yøå? Ahora Jær grita tan fuerte, que el dolor de su voz se escucha con un eco hasta el último rincón del bosque ¡No! ¡No! ¡No!

En apariencia el bosque estaba sólo, pero al oír los gritos del rey Jær, todas las criaturas salen para ayudar a la mujer sin vida y de repente en el cielo, se hacen visibles uno a uno los hombres Alfil y una mujer mariposa llamada **PÅU** la Reina Morpho.

—Ahora Påu le dice al rey Gato: "Déjala en el suelo por favor".

—Pero Jær estremece el cuerpo de su novia y grita: ¡No! ¡Yøå Despierta! Mi reina no me dejes sólo otra vez.

Jær coloca en el suelo del bosque el cuerpo sin vida de Yøå y se pone de pie en frente de ella. La reina Morpho extiende sus manos abiertas en dirección al cuerpo de Yøå y lanza rayos azules de alta tensión, similar al poder de un rayo. Al terminar, el cuerpo queda de color azul luminoso ¡Pero miren!, desde el norte viene volando **NÖRÅYA** la Reina Crisálida, y mientras Påu sostiene a Yøå en el aire, Nöråya sin tocarla hace girar el cuerpo y lo envuelve en una piel cristalizada que sale de sus manos y la piel resplandece con luz de color azul suave.

También se ven entre la neblina y el resplandor de la luna siete reyes y con los rayos azules de sus manos, se llevan el cuerpo de Yøå y lo colocan en una de las ramas de los pinos, en la parte final del bosque cerca del río Minca.

—Jær sigue llorando y grita: "¡Esto es mi culpa! ¡Sabía que Yøå no debería estar aquí y sin embargo no hice nada para impedirlo!".

El sufrimiento de Jær no es más que el profundo dolor que tiene su corazón, al ver morir a su querida reina una vez más, y aunque hace todo cuanto puede en diferentes dimensiones del tiempo, no es suficiente, pierde la batalla y su esperanza se desvanece como un tesoro escondido en las profundidades del mar.

—Y mirando al suelo el rey Jær dice en danés: **"For at holde min integritet i live lod jeg den kærlighed,**

der kom ud af hans sjæl, dø". En español traduce: "Por mantener viva mi integridad, dejé morir el amor que salía de su alma".

—Esta noche en la dimensión número siete Mîån mirando las estrellas, muy triste abraza al rey Gato y le dice: No llores más mi amigo, todo va a estar bien, los pinos de este bosque guardan uno de los secretos más escondidos de este planeta, y el secreto es tan grande y tan frágil, así como el fuego y el viento giran con el tiempo.

Ahora desde lejos, solo se ve en el aire flotando el cuerpo de la reina Yøå envuelto en piel de crisálida, y a un extremo del mirador, un hombre Alfil tocando su violín, y pequeñas estrellas de hielo cayendo desde el cielo, dándole más belleza a las ramas de los pinos de este bosque.

–Duo des fleurs: Es un dúo para mezzosoprano y soprano de la famosa ópera Lakmé de Léo Delibes. Esta ópera se cantó por primera vez en París en 1883. El dúo se interpreta en el primer acto, entre Lakmé, la hija de un brahmán, y su criada Mallika, cuando van a recoger flores cerca de un río.

–Neblina: Este fenómeno se explica como gotas microscópicas de agua en un estado de gas, que producen una visibilidad a menos de un kilómetro y da la apariencia de nubes muy bajas a nivel del suelo. Se presenta con más frecuencia cuando en la atmósfera existe una masa de aire frío en la colina de una montaña con temperaturas templadas.

–Sierra Minca: Hostal con cabañas ubicadas a mil doscientos metros de altura en la Sierra Nevada de Santa Marta en Colombia.

–Crisálida: Es una de las cuatro etapas de la metamorfosis de una oruga en mariposa.

–Zafiro: (Al^2O^3) Es una de las gemas preciosas, con característico color azul, aunque existen en otros colores también.

–Taironas: Son un grupo de indígenas que habitaban los departamentos de la Guajira, Magdalena y Cesar. En la actualidad están en las mesetas de la Sierra Nevada en Colombia.

–**Hidromiel:** Se cree que es la bebida de licor más antigua de la humanidad. Los arqueólogos datan la primera prueba directa de su consumo en torno al año 8000 a.c. al encontrar en China y Alemania los restos de cerámicas y cuernos, con partículas de levaduras y polen. En Europa lo bebieron los Vikingos, y en América los mayas producían un tipo de hidromiel llamado balché.

–**Amadeus Mozart:** Compositor de música clásica. A los cinco años escribía obras musicales y eran del aprecio de la realeza de Europa.

–**Alfil:** Es una de las piezas del juego de ajedrez. Con respecto a su significado en la historia, la pieza del alfil es la representación del asesor de guerra.

–**Iridio:** (Xe) 4f145d76s2. Este metal se encuentra en meteoritos en una abundancia mucho mayor que en el planeta tierra. Se usa para hacer instrumentos de precisión, aparatos quirúrgicos y filamentos eléctricos.

–**Casa Elemento:** En la actualidad es un hotel campestre ubicado en una de las mesetas de la Sierra Nevada a unos kilómetros del pueblo de Minca.

–**Autillos:** Es un búho de la sierra nevada. Fue descrita formalmente por el ornitólogo Danés Niels Krabbe.

–**Cascadas de Marinka:** Se encuentran en el pueblo de Minca, ubicado en la Sierra Nevada de Santa Marta Colombia.

YØÅ

Reina Rubí

EPISODIO 6
EL SECRETO DE LOS PINOS
CÍFÅNY (Reina Número 27)

"Una mirada transmite más de lo que puedes ver... Porque lo que tus ojos ven, no solo es el reflejo de la belleza... Ellos además ven, una parte de los demás que dejan salir sin hablar".

DIAMANTE ROSA

En plena madrugada con el cielo azul por las alas de los Hombres Alfil, se reúnen para el gran banquete con hidromiel y búfalo asado, evento realizado para hacer honor a las Mariposas Morpho del bosque, cada siete años un invitado especial llega volando para cantar en el mirador de Sierra Minca, deleitando a los guerreros de diferentes extremos del bosque de Colombia y Centro América.

MAGDALENA, COLOMBIA. El tiempo marca la noche del 7 de julio del año 1741, en la UCI de Sierra Minca.

—Jær agarra por la parte superior de la gabardina al rey Mîån con rabia y apretando los labios grita muy fuerte: "¿Por qué no me informaste que esto iba a pasar? ¿De qué secreto hablas? ¿Por cuánto tiempo estará Yøå colgada en los pinos? ¿Ella está viva o muerta? ¡Dime! ¡Dime Mîån!".

—Mîån le contesta: Bueno... No quise decirte nada cuando llegué a Casa Elemento, pero en realidad la misión que yo tenía, era hacer que el cuerpo de la reina Yøå estuviera lo más rápido posible en Sierra Minca. Cuando Dälåf el jefe me envió, el medallón solo marcaba las coordenadas del tiempo y en ese momento supe que alguien estaba en peligro, pero solo hasta el final del camino, me di cuenta que era la reina Yøå.

—¡Pero yo confiaba en ti! Con la voz muy apagada y triste Jær le pregunta: "¿Quién eres? ¿Cómo sabías que ella iba a morir? ¿Por qué no dijiste nada?".

—Mîån le responde: No sabía... "¡Ya te lo dije!". Los guerreros del tiempo tenemos el mismo rango, tú sabes que todos somos iguales y nadie es superior; lo único que cambian son nuestras habilidades. Yo recibí las órdenes del jefe y las cumplí.

—Pero yo pensé que tú venías para ayudarnos a buscar el cuerpo del Caballero, dice Jær. No imaginas lo difícil que fue verlo morir ¡Por eso estamos aquí! La reina Yøå y yo fuimos enviados para encontrarlo y escuché que el Caballero también está en Sierra Minca.

—Nöråya les dice: "¡Chicos vengan!" Vamos a la UCI.

—¿Qué lugar es ese? Pregunta el rey Jær.

—Ella responde: Así le llamamos a la parte final del bosque, allí están colgados en las ramas de los pinos los guerreros heridos en batalla, con la ayuda de las mujeres Mariposa, los hombres Alfil y los pinos de este bosque, muchos guerreros vuelven a la vida. ¡Miren! Los hombres Alfil son caballeros vestidos de armadura con alas gigantes de pájaro en sus espaldas y su principal misión es conservar la paz del bosque de Sierra Minca.

Ahora desciende desde el cielo una mujer mariposa, suspendida en el aire por el vuelo de sus alas. Ella tiene un vestido de color azul, con bordados en canutillos de cristal en la parte del busto, diseñado para simular las fibras de las alas de una mariposa, y la parte superior del vestido es un corsé con escote en corte de corazón, ceñido hasta las caderas con una abertura en la pierna izquierda y desde allí se despliega hasta el suelo una falda larga transparente en tela de seda. En su cabello tiene puesta una corona de oro blanco con zafiros y en el cuello el medallón del tiempo, en sus pies zapatillas de cristal con el color del hielo, esta reina es Påu con sus alas azules que brillan con el reflejo de la luz de la luna.

—Jær mirando al cielo le pregunta: Reina Påu "¿Qué significa la palabra UCI?".

—Vamos caminando amigo ¡Pero date prisa! Acá no tenemos mucho tiempo, le contesta Påu. ¿Cómo te lo explico? Te lo voy a decir solo una vez, así que presta mucha atención, nuestra UCI, es la unidad de la piel de crisálida con el iris de los ojos. Tal vez no lo notaste, pero cuando los guerreros del tiempo llegan heridos o muertos, nosotros los envolvemos en piel de crisálida y el cuerpo queda conectado a los pinos de este bosque.

—Jær desesperado moviendo sus manos le pregunta a Påu: ¿Pero mi querida Yøå está viva o muerta? ¿Por qué nadie me contesta? ¡Si está muerta no deseo vivir! Solo vivo por ella y esta era nuestra última misión separados "¿Pero qué es la vida? ¿Es el principio de la muerte? ¿Reina Morpho por favor? ¡Dime!".

—Y la reina Påu muy amable le contesta: "¡Eso no lo sabemos con certeza!" Pero lo que sí sabemos, es que cuando los guerreros llegan aquí, quedan en manos del Rey Supremo, pues él los alimenta y nutre mediante la tierra y la savia del tronco de los Pinos. Ellos se recuperan en días y otros guerreros tienen años en restauración de órganos dañados y aún no despiertan. No quiero alarmarte, al final algunos caen del pino y mueren a pesar de todos los cuidados que tenemos en el bosque. En estos momentos estamos a mil doscientos metros de altura y los nutrientes de los pinos alimentan con una energía especial los cuerpos de los guerreros. Ten paciencia "¡Solo queda esperar!".

—Jær mirando al suelo del bosque piensa: No sé si son ideas mías, pero nuestras vidas literalmente están tendiendo de un hilo y no importa lo que hagamos, al final el resultado siempre es el mismo, por todos lados vemos a nuestros amigos sin vida y tarde o temprano a cada uno nos llega la hora. "¡Esta guerra no tiene sentido!".

Y mientras están caminando sin darse cuenta, en frente de ellos se encuentra la UCI ¡Mire! En esta parte del bosque hay siete árboles de pinos con la forma de un triángulo equilátero y todos con treinta y siete metros de altura, separados por siete metros. En la entrada no hay árboles, solo dos piedras gigantes a cada lado, con tres pinos a la derecha, tres a la izquierda y en el fondo solo un pino de frente y en la parte superior del pino, hay una bola de fuego blanco dando vueltas, también en el centro hay enterradas en la arena siete antorchas con fuego blanco y siete mesas de piedra. En cada una de las esquinas de los pinos hay un hombre Alfil, protegiendo los cuerpos que están en la UCI.

—Nöråya se acerca al oído del rey Gato, señala con su mano los árboles y le dice: Mira hacia la derecha en el pino número dos allí está tu reina Yøå ¡No te preocupes, voy a estar muy pendiente de ella! Cuando la tela de crisálida se pone de color gris una soga de seda sostiene al guerrero y lo suspende entre el árbol y el suelo del bosque, para no dejarlo caer, nosotros lo colocamos en una de las mesas de piedra que están en medio de los pinos, y por último le damos sus armas para restaurar su fuerza.

—Jær pregunta: "¿Escuchas ese sonido? ¿Se siente como el sonido de una flauta? ¿Es una flauta, verdad?".

—¡No! En realidad es una Gaita contesta Nöråya, un hombre Alfil está practicando para el concierto de esta noche. Todos estamos esperando con mucho anhelo a la invitada especial ¡Mira rey Gato, allá en el pino número cinco se está descolgando un guerrero! Y lentamente el pino con la ayuda de una soga de seda desliza por el tronco a un cuerpo y la apariencia de la tela de crisálida es gris, siete hombres Alfil y Nöråya lo colocan en una de las mesas de piedra y en ese instante del pino número cuatro cae un cuerpo con la crisálida color morado oscuro y se desploma contra el suelo, haciendo un sonido muy fuerte.

—Ahora Nöråya ve los ojos de asombro del rey Jær, desliza la mano derecha en su espalda y le dice: "¡Tranquilo no te asustes!", ya no hay nada que hacer, los hombres Alfil lo recogerán más tarde.

En ese momento el rey Jær está muy preocupado y trata de recordar que fue lo que pasó con su querida novia al final de su curación en la UCI, pero su mente está como vacía, porque no recuerda con esa actitud lo que sucedió después.

Mientras tanto la reina Påu con los rayos azules de sus manos corta la crisálida gris que está en la mesa grande de piedra y lo primero que se ve, es el cuerpo de un guerrero que tenía muchos años en la UCI, él sigue dormido aún, pero con vida. Ahora la reina Morpho despega con mucho cuidado la tela de crisálida que tiene puesta en el iris de sus ojos y ¡Miren! El cuerpo está cubierto de un líquido gelatinoso con un olor penetrante.

—El hombre despierta y la reina Påu le dice: Bienvenido guerrero, en estos momentos el tiempo marca el año 1741 y estás en Sierra Minca en una de las montañas de Colombia, frente al Mar Caribe. Estuviste con nosotros diesiciete años en un estado de crisálida en nuestra UCI, y los pinos del bosque te dieron los nutrientes necesarios todo este tiempo. "¿Pero puedes hablar? ¿Cómo te llamas? ¿De dónde vienes? ¿En qué año fue tú última batalla?".

—El guerrero estira su cuerpo aún dentro de la crisálida y con voz de sueño le dice: Mi nombre es **DÅNN** el Rey Marfil, pertenezco a los indígenas Mayas y soy el encargado de siete mil hombres Caballo de Mar del Océano Atlántico y vengo de la Península de Yucatán en México. Pero lo último que recuerdo es una batalla al norte de Canadá. No puedo olvidar la sensación y el dolor en mi piel, cuando me hirieron con una flecha de esmeralda en la espalda y atravesó mi pecho al lado del corazón. ¿Pero no sé cómo llegué aquí?, esa fue la noche del día 7 de julio del año 997, una de las tantas veces que los vikingos estuvieron en América del Norte y la verdad, solo recuerdo eso. Tengo mucha sed "¿Tienes un cuerno de hidromiel? ¿Dónde está mi tridente?".

El rey Dånn quiere caminar, pero cuando la reina Påu abre la crisálida hasta la parte inferior de su cuerpo "¡Miren!" No tiene piernas, solo sé ve el espiral del cuerpo de un caballo de mar, en el lugar de sus pies. Y al instante ¡Wow! Cuando da un salto el espiral de su cuerpo se convierte en piernas al caer a tierra firme.

—Rey Dånn ¡Descansa! Y Påu le dice en danés: **"Et blik transmitterer mere, end hvad du kan se... For det, dine øjne ser, er ikke kun en afspejling af skønhed... De ser også, en del af de andre, som de slipper ud uden at tale".** En español traduce: "Una mirada transmite más de lo que puedes ver... Porque lo que tus ojos ven, no solo es el reflejo de la belleza... Ellos además ven, una parte de los demás que dejan salir sin hablar".

Ahora Påu le pregunta a Nöråya: "¿Puedes darle sus armas y el cuerno de hidromiel al rey Dåan?".

—¡Si claro! Contesta Nöråya.

Ahora el rey Dånn camina por el bosque y sale de la UCI para ir al río Minca, pues él extraña el agua del Océano Atlántico, aunque aún no ha recordado sus viajes dentro de las Fosas de las Marianas en el Océano Pacífico.

—Al otro extremo de la mesa, Påu le dice a Nöråya ¿Puedes quedarte un rato más de guardia?, yo te aviso apenas llegue la Reina de las aves.

—Nöråya mira de reojo a Påü y le dice: En realidad he esperado por mucho tiempo el concierto, yo me quedo aquí ¿Pero cuando empiece la música, me vas a llamar? ¿Verdad? Es que esta noche es el estreno de una nueva canción y no me la quiero perder.

–Påu le contesta: Sí... Tranquila yo te aviso, nos vemos. Y la Reina Morpho emprendió el vuelo con siete amigas que la estaban esperando.

—Nöråya mira al rey Jær y le dice: Si quieres también puedes irte.

Pero mientras ella habla, Jær está sentado en una de las piedras grandes afuera de la UCI, con la cabeza abajo y el corazón partido en dos pedazos, y en su mente ve solo pequeños recuerdos, enredados entre el brillo de sus ojos y las neuronas que describen a su reina Yøå corriendo por los campos, en la orilla del río Magdalena, tan solo momentos de una misión fallida; pero para él fueron momentos inolvidables. Sus ojos con pupilas doradas, dejan salir lágrimas con la textura y el brillo de oro líquido, pero al caer al suelo el oro se pone sólido y los Taironas desde lejos solo esperan que se descuide para recoger el oro del rey Jær.

—Nöråya le dice: "¡No te sientas sólo!" Todos estamos contigo. Si quieres ir al concierto, camina hacia el mirador de Sierra Minca, desde aquí se escucha un sonido hermoso, es **JØN** él está tocando su gaita mientras hacen el preludio musical.

—Pero el rey Jær muy triste le contesta: ¡No, no, no! ¿Cómo se te ocurre? ¡Yo me quedo aquí! Hoy solo siento nostalgia al recordar que ayer la tuve entre mis manos, pero como el rocío de la lluvia en medio del sol, nuestro amor se evaporó, ahora solo me quedan pequeños recuerdos que guardaré en lo más profundo de los laberintos del tiempo. Yo quería tomarla de la mano en medio de un ocaso y tocar su cuello con el roce de mi cabello, sin saber que muy pronto lo nuestro, acabaría en un lapso de tiempo. Hoy solo espero que el suspiro de mi aliento y el susurro de mi voz la acaricien hasta lo más profundo, así como se siente el toque del pétalo de una flor cuando está rodando una gota de agua en medio del sol abrazador.

—Jær toca el bolsillo de su chaleco y muy triste recuerda que no leyó el poema a la reina Yøå y se lamenta diciendo: "¿Por qué? ¿Por qué tenía que pasar esto? ¿Por qué no fui capaz de leer el poema? ¿Por qué el tiempo da la apariencia de ser tan largo y en realidad es tan corto?".

Ahora el rey Jær desesperado corre hacia el pino donde está Yøå y mirando hasta lo más alto, sin saber si la reina lo está escuchando, le dice entre sollozos y lágrimas su poema.

POEMA PARA YØÅ

Puedo recordar tu rostro solo una vez, sin mirarlo, puedo entender que el tiempo viene y va sin poder tocarlo, el tiempo se va, así como el fuego gira con el viento. Regresa, regresa, revive la muerte de mi mente, regresa, regresa, para amarte y no dejarte de amar jamás, porque solo tú has dejado huellas en mi piel que no puedo borrar, más fuerte que el impacto de muchas gotas del agua del río, entrando en las piedras del mar, hoy guardo en lo más profundo de mis recuerdos, el amanecer de la última vez que te vi, un paisaje blanco cubierto de nieve, donde solo el calor de mi fuego consumen tu piel, pero antes de encontrar la salida al fuego intenso de mí alma, el frío blanco de mi nieve alimenta el amor de tu ser. Hoy dame una razón para decirte que te quiero, dame una razón para decirme que no me amas, pues el mundo pasa y los días poco a poco se van, pero el amor que siento por ti, por siempre vivirá.

—El rey Gato continúa diciendo: Cuando cierro los ojos, quisiera despertarte con un beso, porque todavía siento el aroma de tu piel y sé que me escuchas querida mía y no puedo evitar decírtelo porque me enamoré de ti, y desde que te fuiste me quedé muy solo aquí, pero solo espero que cuando regreses, mi corazón siga latiendo por ti, y aunque me siento muy triste, en realidad estoy feliz, porque todavía puedo recordar el suspiro de tus besos que me dejaron sin aliento. "¡Como me gustaría poder ir al día de ayer, cambiar el hoy para sentirme mejor y no perder tu amor! ¡Pero sé que es imposible y no puedo!".

Y mientras el rey Gato habla de fondo se siente el dulce sonido de la gaita de Jøn. Ahora Jær agarra el pino con su mano derecha con mucha fuerza y mirando hacia abajo de la desesperación, sus lágrimas siguen cayendo, hasta formar una pequeña pirámide de trozos de oro, en medio de sus pies.

—Jær Grita: "Hasta que Yøå salga de su crisálida, ¡No me voy de aquí!".

—Y muy nostálgico mirando a Nöråya le dice: El día que murió mi abuela, papá me enseñó una frase del pueblo vikingo. Esa noche había luna llena y en medio del frío, el crujir de las brasas y el fuego, recuerdo que a lo lejos se escuchaba los aullidos de los lobos y el sonido del viento, nunca olvidaré sus palabras cuando me dijo: **"Hvis du tror, at kærlighed dør ¡Tro det ikke! Kærlighed er udødelig".** En español traduce: "Si crees que el amor muere ¡No lo creas! El amor es inmortal".

—Esa fue la última vez que vi a mi padre, pero ahora estoy viendo en mis recuerdos la escena de esa noche como si fuera hoy... ¡Mira! El tiempo marcaba el año 997 en la ciudad medieval de Ribe en Dinamarca, y escuché a unos hombres, cuando decían que habían encontrado tierras fértiles al otro lado del Mar del Norte, mi padre era el dueño del barco y debía ir con ellos. Antes de zarpar me colocó un medallón de oro en el cuello y un anillo en la mano izquierda, yo solo tenía diesciciete años y quería ir con él, ¡Pero fue imposible! Mientras los tripulantes subían al drakkar, entré a la cabaña y cuando terminé de ponerme las botas, en medio de la neblina corrí lo más rápido que pude gritando: Far, far... ¡Jeg vil med dig! Traducido al español dice: Papá, papá... ¡Quiero ir contigo! Todo pasó muy rápido y el drakkar se alejó, poco a poco hasta desaparecer de mi vista, entre el reflejo de la luz de la luna, el movimiento del agua y la neblina.

—"¡Pero mira!" Mientras voy corriendo en la mitad del muelle, un portal de luces de fuego de muchos colores empiezan a girar en frente de mí y en ese momento sin darme cuenta; soy enviado a mi primera misión y esa noche me convierto en un guerrero del tiempo.

—Y Nöråya le pregunta al rey gato: ¿Jær? ¿Qué sentiste la primera vez que viajaste en el tiempo? ¿Tu sabes quién diseño los medallones de oro? No quiero parecer imprudente, pero es que lo he preguntado muchas veces, y aquí nadie me quiere decir.

—Bueno, mientras viajas en el tiempo, inmediatamente cuando entras al portal no ves nada, porque el fuego se fusiona con tus células y solo al final, ves caer tu cuerpo en otro lugar. Y no es un secreto pero, **ËDSØN** el Rey Femto, tiene la habilidad de alterar la materia a nivel molecular, pues en una investigación que hicieron por muchos años **ÅRØX** el rey Atlantic en compañía de Dälåf el jefe, diseñaron el medallón y encontraron que la medida del tiempo se puede establecer con la ecuación matemática de un femtosegundo en combinación con la serie de Fibonacci. Esa noche el tiempo marcaba el 7 de julio del año 2017 y Dälåf proyectó una imagen en la pared del sótano de su casa en Boston, por medio de los satélites de Iridium y de esta forma, fue como se estableció el diseño del primer portal del tiempo.

Además, ellos tienen la ayuda de un equipo especial que captura imágenes en movimiento, y Dälåf envía las coordenadas de cada lugar con el efecto boomerang del medallón de oro, acompañado del poder que emite la luz de la esmeralda, pues así es posible que todos los guerreros sin importar donde estemos, seamos transportados en el tiempo.

—¿Pero no entiendo? ¿Para viajar a otra dimensión necesitas activar un código especial? ¿Cómo haces para que aparezca el portal en frente de ti? Pregunta Nöråya.

—Jær le contesta: Bueno es muy sencillo, cada medallón se activa colocando el código que tienes en la huella de tu dedo pulgar derecho y la huella de tu dedo pulgar izquierdo, primero se frota el rostro del caballo de mar y cuando se activa la luz verde de la esmeralda que está en la parte de atrás, pones el medallón hacia el frente. Pero recuerda que es Dälåf el jefe quien activa el portal desde la dimensión número 1 mientras está en el sótano de su casa.

—Mira, también el rey Årøx dice que el mundo físico en el que vivimos tiene siete dimensiones perceptibles. Por ejemplo, si utilizamos un recipiente con pintura colgado de una cuerda y lo lanzamos en forma de péndulo, podemos ver movimientos específicos que dan la intención a diferentes espacios del tiempo y diferentes direcciones de una dimensión que no captamos a simple vista y qué podemos observar con claridad cuando la pintura marca las posiciones del objeto en movimiento, y entre los intervalos de las dimensiones se desliza el portal del tiempo.

—Hay una teoría acerca del agujero de gusano, escrita por el físico alemán Albert Einstein, donde quería demostrar que el universo tiene cuatro dimensiones y estas dimensiones nos podrían llevar a viajar entre el tiempo y el espacio, pero esto solo quedó en teoría, porque Albert nunca pudo comprobar la existencia de estos agujeros que existen en el universo y que dentro de sus dimensiones específicas llegamos a la conclusión final que él tenía razón. Pues el equipo de Dälåf lo investigó también y lo encontró.

—¿Noräyå? ¿Quieres saber un secreto? Continúa diciendo Jær. El rey Ëdsøn me enseñó la unidad de medida del universo, él me dijo: **Måleenheden for universet er faktisk tid. Materie kan kun transformeres med tidens eksistens.** En español traduce: La unidad de medida del universo en realidad es el tiempo. La materia solo puede transformarse con la existencia del tiempo. También dijo que todos los cuerpos en el espacio cambian de densidad y se convierten en partículas que les permiten atravesar la barrera del tiempo. Por supuesto, esto es posible por el diseño y la estructura perfecta de nuestro universo. Además, no sé si te has dado cuenta, pero los portales del tiempo son de diferentes colores, pues Ëdsøn concluye que la razón lógica; es que la onda de luz y el espacio de tiempo entre ellas, hacen que la fluctuación del fuego sea diferente para cada guerrero y también el color del portal depende de los factores heredados en su ADN, aunque está claro que algunos guerreros, pueden tener el mismo color de portal y no necesariamente deben ser parientes.

—Jær le sigue diciendo a Nöråya: Reunidos en la orilla del Mar del Norte, **JÛKËX** el Rey Vikingo mi padre, con un hacha y su corona de oro con diamantes, vestido con prendas de piel de animal; esa noche también me dijo: ¡El tiempo no es como todos piensan, pues el tiempo no se detiene! Aunque lo agarres con las manos, el reflejo de su luz escapa al instante, viajar en el tiempo es como si hicieras un hueco pequeño en el universo.

—Jær baja la mirada y dice: Yo pensaba que viajar en el tiempo, me haría olvidar el dolor de no estar junto a mi padre y ha sido todo lo contrario; lo recuerdo cada femtosegundo, que paso en mis viajes, aunque tengo la esperanza de volverlo a ver otra vez.

—Ahora miro a Nöråya y ella está con sus ojos adormecidos, le toco varias veces el hombro y le digo: ¡Despierta! Despierta! ¿Vas para el concierto?

—¡Sí, sí, sí! ¡Gracias! !Pero no estoy dormida! Yo escuché toda la historia ¡Ya me voy! Si quieres nos vemos en el concierto mas tarde rey Gato.

Con sus alas de mariposa Nöråya vuela hacia el mirador de Sierra Minca y el rey Jær recuesta su cuerpo en una de las piedras grandes de la entrada de la UCI, y él cierra los ojos para descansar y dormir un poco.

Mientras el rey Jær está dormido, Jêüx reúne a los indígenas Tayronas que están detrás de los arbustos y les dice que agarren todo el oro que salió de los ojos del rey Jær. Ellos buscan materiales de metal con el propósito de hacer nuevos implementos de guerra y también adornos de oro como: Aretes, narigueras, brazaletes y collares con detalles muy finos para sus cuerpos. Por otra parte, los hombres Alfil decoran todo en derredor del mirador con antorchas en forma de varas de siete metros de alto con fuego blanco en las puntas y separadas por siete metros entre ellas. Todo esto para dar luz y belleza a la tan esperada noche del concierto. Además, las antorchas forman un camino de lado a lado para recibir a todos los seres del bosque que están invitados a la gran noche.

Y de repente se ve la mano de una joven, tocando el hombro del rey Jær y le dice: ¡Despierta! ¡Despierta! ¿Qué haces dormido aquí? ¿A quién estás esperando?

—Cuando él abre los ojos, lo primero que ve es a su reina Yøå mirándolo de frente ¡Y no lo puede creer! Jær salta de alegría y le dice: Esta es la noche más grande de toda mi vida terrestre "¡Yo sabía que vendrías!".

—Jær la toma de las manos y no deja de mirar su rostro, besa sus labios y tiernamente respiran el mismo aire otra vez, y le dice: Te amo, te amo mucho mi querida reina.

—Yo te amo más mi rey, contesta Yøå con sus ojos mirando las pupilas de oro de Jær.

Ahora corren felices al mirador de Sierra Minca. Ellos llegan al lugar que está diseñado con troncos de árboles y decorado con antorchas de fuego blanco. Y en la parte derecha de la plataforma está Jøn tocando la gaita de forma tan sutil que levantan los vellos del cuerpo y desde el público **JËZ** y **DÎRØ** giran sus cuerpos y elevan sus manos bailando ballet, con finos movimientos y acompañados del sonido de la gaita, el lugar está muy lleno y todos están felices con sus cuernos de hidromiel.

El vestido de Jëz, es de color azul suave y su corona está diseñada en oro blanco, con figuras de alas de cisne y piedras de ópalo azul. Ella desde el auditorio invita a sus amigas a bailar y juntas suben a la plataforma, haciendo una danza con sus alas de mariposa y sus vestidos de ballet. Y los invitados están muy atentos a los movimientos y saltos que hacen desde las puntas de sus pies.

Cuando ellas terminan de bailar bajan de la plataforma y en ese momento todo queda en silencio y **CÍFÅNY** la Reina de las Aves, llega volando al mirador de Sierra Minca y empieza a entonar la canción regresa sobre la estructura de madera que tiene el diseño de dos manos abiertas. ¡Su voz no tiene comparación!, pues es la música más profunda con los sonidos suaves y melancólicos de un ave. Muchos en el mirador, les empiezan a salir lágrimas al escuchar las notas y la vibración de su dulce voz.

¡Miren! Yo Dæl pude observar que ella tiene puesto un vestido con hombros descubiertos y escote en forma de corazón, largo hasta el suelo en color rosado, con pequeñas piedras de diamante rosa formando flores desde la parte superior del escote hasta la cintura. Y en su cabello ondulado tiene puesta una corona de diamantes con oro blanco. ¡Wow! La plataforma del mirador de Sierra Minca está junto a la piscina azul y también se

puede ver en su espalda alas grandes rosadas de un pájaro cantor. Y los rayos de la luz de la luna reflejan todo
su esplendor.

Ella empieza a cantar y todo va bien hasta allí... Pero
después del coro, mientras está en la última estrofa,
ocurre algo que nadie esperaba. Un olor fuerte de azufre
se siente venir desde el norte y ellos pensaban que solo
era la neblina, pero tan solo en unos segundos, el humo y
un fuego azul llegan quemando los pinos.

—En el auditorio se escucha a la reina **LILØ** gritando:
"¡Miren al cielo!", es ERÎCØ el Rey del fuego.

—¿Que está pasando? Grita Lilø.

Jær va corriendo hacia el frente y el rey Erîcø es el
guerrero que tiene puesta una gabardina de color gris plomo, con alas gigantes de color azul; igual que el fuego
que sale de su boca. Sus ojos también están en llamas y
ahora está lanzando fuego de derecha a izquierda, quemando por completo todo el lugar. Lo más extraño es que
al final, lo que el fuego azul toca, se convierte en vidrio
y al instante caen los trozos, con el estruendoso sonido
del cristal. Ahora Dîrø el hombre Alfil los defiende con
sus rayos azules, pero Erîcø lo toca con el fuego y en segundos, se convierte en vidrio y los pedazos de vidrio se
desploman en el suelo del bosque.

Algunos vuelan y otros corren para no dejarse alcanzar del fuego, pero quedan tan apretados en el camino,
que el rey Jær coloca a Yøå encima de su cuerpo de

gato montés y al instante sienten que los empujan tan fuerte, que los dos caen en un abismo desde lo más alto de la montaña. Jær grita muy fuerte por ayuda y en ese momento pensó que había llegado su final.

¡Nunca el mundo mitológico fue tan real! Y mientras ellos caen en el vacío, en sus mentes solo retumban el sonido agudo de la gaita y la dulce voz de la canción regresa de Cífåny la reina de las aves.

–♫ REGRESA ♫ –

Puedo recordar tu rostro,
solo una vez, sin mirarlo.

Puedo entender que el
tiempo viene y va,
sin poder, tocarlo.

El tiempo se va,
así como el fuego
gira con el viento.

"CORO"

♫ Regresa, regresa,
revive la muerte
de mi mente.
Regresa, regresa,
para amarte,
y no dejarte de amar
Jamás...♫

Con besos tibios te vas,
y vuelves, sin mirar atrás.

Quisiera tocar tus manos,
 y tenerte entre mis brazos.
 Pero te veo de lejos,
y creo que eres tú.

Y vuelvo a mirarte pero,
tu reflejo ya no está.

"CORO".

—Ahora el rey Jær está dormido en la piedra afuera de la UCI y la reina Påu viene volando desde Sierra Minca y le dice: "¡Rey Gato! ¡Despierta! ¿Jær? ¿Por qué haces tantos maullidos?".

—Påu toca su espalda y vuelve a decir: ¡Despierta! "¿Qué estás soñando? ¿Despierta, por favor? ¿Dónde está Nöråya?". La estoy buscando, es que está a punto de comenzar el concierto y ella me dijo que le avisara.

—En medio del sueño, con los ojos cerrados aún, el rey Jær estira sus brazos hacia el frente cierra sus ojos nuevamente y dice: Ten cuidado "¡El fuego, el fuego!". Jær se despierta, parpadea, agarra su cabeza con las dos manos y mira al cielo, gira su cabeza en ambas direcciones "¡Pero él no entiende lo que está pasando!".

—Reina Påu ¿Donde está Yøå? Pregunta Jær llorando. Todavía siento la sensación de sus besos en mis labios. "¡Quisiera borrar esos recuerdos, pero no puedo!".

Y en ese momento el rey Jær se da cuenta que en realidad todo fue un sueño de algo que nunca pasó.

–Fosa de las Marianas: Se encuentra en el océano Pacífico occidental a unos 200 kilómetros al este de las islas Marianas, y es el área más profunda de los océanos de la Tierra.

–Serie de Fibonacci: Hace referencia a la secuencia ordenada de números descrita por Leonardo de Pisa, matemático italiano del siglo XIII: 0, 1, 1, 2, 3, 5, 8, 13, 21, 34, 55, 89, 144.

–Voz: Por milenios la voz en el ser humano ha permitido la comunicación entre diferentes culturas y esta se produce con la vibración de las cuerdas vocales, mediante el aire que es expulsado por los pulmones y sale por la laringe. La voz también ha dado origen a canciones que por muchas generaciones seguimos escuchando, incluso algunas de estas canciones desafían el paso del tiempo.

–Ópalo Azul: (SiO_2nH_2O) Es una delicada gema de gran belleza. Su brillo místico tiene un aire de elegancia, que es hipnotizante para los que contemplan esta piedra.

–Ballet: Es una danza clásica cuyos movimientos están basados en el control total del cuerpo, a diferencia de otras danzas, en el ballet cada paso está codificado.

–Adornos de Oro: En el año 2014, se abrió a las puertas del mundo, el Museo del Oro Tairona. Allí se muestra una extraordinaria colección del patrimonio cultural, en una hermosa casa colonial, que invita a explorar el pasado y el presente de Colombia, en el departamento del Magdalena y la Sierra Nevada de Santa Marta.

–Indígenas Mayas: La cultura maya fue una gran civilización precolombina de Centroamérica y fue conocida por su lenguaje escrito, arte, arquitectura y por los sistemas matemáticos.

–Tridente: Fue utilizado para la pesca y también como arma de los gladiadores romanos y se acompañaba con una red para envolver a sus adversarios.

–Boston: Es la capital de Massachusetts. Fundada en 1630 y es una de las ciudades más antiguas de los Estados Unidos.

–Diamante Rosa: (C) Es un tipo de diamante que tiene color rosa. La fuente de su color es muy debatida en el mundo gemológico, pero se atribuye más comúnmente a la enorme presión adicional que sufren estos diamantes durante su formación.

–Portal del Tiempo: Si deseas saber más detalles del origen del portal del tiempo en nuestro libro número dos El Secreto de las Flores, hallarás más detalles.

–Nieve: En muchos países es normal ver caer la nieve, pero lo particular de este fenómeno climático, es que los cristales de la nieve adoptan formas geométricas microscópicas y se agrupan en copos.

–Femto: Es un prefijo del sistema internacional que indica un factor de 10^{-15}. El origen de este prefijo es la palabra danesa femten, que significa (Quince). Ejemplos de su uso: Un protón tiene un diámetro de entre 1.6 y 1.7 femtómetros.

–Iridium: Es el nombre de una constelación de sesenta y seis satélites de comunicaciones que giran alrededor de la Tierra en seis órbitas bajas, a una altura aproximada de 780 km. Cada una de las seis órbitas consta de once satélites equidistantes entre sí. Los satélites tardan cien minutos en dar la vuelta a nuestro planeta.

–Albert Einstein: Fue un físico alemán de origen judío. Se le considera el científico más importante, conocido y popular del siglo XX.

–Río Minca: Es uno de los mejores ríos de la Sierra Nevada, frente al mar caribe. Se considera un paraíso escondido entre las montañas. A su paso, es posible encontrar cientos de cascadas como: Marinka, Pozo Azul y el Oído del Mundo.

–Isaac Newton: Físico, teólogo, inventor, alquimista y matemático inglés. Es autor de los Philosophiæ naturalis principia mathematica, donde describe la ley de la gravitación universal y estableció las bases de la mecánica.

–Guerrero del Tiempo: En este libro son hombres y mujeres enviados por el jefe de los portales.

–**Drakkar:** Es un barco largo. También se le conoce como långskip. Es una embarcación que data del período comprendido entre los años 700 y 1000. Fue utilizado por los vikingos en sus guerras.

–**Ribe:** Es una de las ciudades más antiguas y mejor conservadas de Dinamarca, con su ambiente único, se ha preservado el centro histórico medieval, sus antiguas casas de madera y las calles empedradas.

–**Dinamarca:** País escandinavo que abarca la península de Jutlandia y varias islas. Está conectado con Suecia a través del puente de Öresund. Copenhague, su capital, cuenta con palacios reales y el colorido puerto de Nyhavn.

–**Regresa:** Canción en forma de poemas, compuesta por Aníbal Rosales Domínguez e interpretada por Cinthya Cárcamo Anaya el día 21 de diciembre del año 2020.

–**Gaita:** Es un instrumento musical aerófono de la Costa Caribe Colombiana de origen indígena, es utilizado en diferentes ritmos musicales de cumbia, merengue, porro y puya.

–**Mariposas Morpho:** Esta especie fue encontrada principalmente en Colombia y Centro América. Pueden medir hasta 20 centímetros. En realidad no son de color azul, porque se ha estudiado que con el reflejo de la luz, las escamas de las alas hacen un fenómeno conocido con el nombre de coloración estructural.

GATØÜROX
Rey Atlantic

EPISODIO 7
REGRESA
GATØÜROX (Rey Número 30)

"El amor es más fuerte que el dolor, cuando recordamos olvidar el rencor".

TURMALINA

En medio del shock que me dejó el sueño con mi querida Yøå, en mi mente solo veo pequeños destellos de recuerdos cuando mis pupilas observaban sus pestañas, que en un parpadear me dejaron sin palabras. "Pero, aunque todo fue un sueño y no pude tocar sus labios, aún puedo sentir el aroma de sus besos en mi piel". Y ahora me cuesta mucho trabajo establecer esta línea del tiempo y la realidad de mis pensamientos. Estoy tan triste que me siento como un jinete errante sin ejército y sin poder para ganar la batalla de la vida.

Y mientras todos van al concierto, sigo aquí recostado en la piedra afuera de la UCI mirando las estrellas. De repente escucho el crujir de las hojas secas del bosque y unos pasos detrás de mí, pero cuando miro hacia atrás ¿No lo puedo creer? ¿Caramba? ¿Es el Caballero? ¿Y está vivo? ¿O eso creo?

—El rey Jær muy asustado le dice al Caballero: Cuando fuimos enviados a buscarte, pensé que estarías envuelto en piel de crisálida, así como los demás guerreros cuando llegan aquí. ¿Pero? ¿Eres real? ¿O estoy en otro sueño? Es que la última vez que te vi estabas muerto.

—El Caballero responde con otras preguntas: "¿Quién te dijo que estaba muerto? y ¿Por qué piensas que estás en un sueño? ¿Si quieres te pellizco?".

Ahora con gusto y sonriéndole el Caballero jaló la piel de su mano y él hizo un maullido fuerte de gato.

—¡Sí, sí, sí! Ya me di cuenta que estoy despierto, contesta Jær. ¿Solo me gustaría saber, qué fue lo que te pasó? ¿En qué estado llegaste? ¿Y cuántos años has vivido en este bosque? Mi reina Yøå y yo, te vimos hace siete años, la noche en que el portal del tiempo de color azul te trajo aquí.

—¡Te lo voy a contar! Responde el Caballero. ¿Pero, cómo dices? ¿siete años? ¿No? En realidad, llegué esta misma noche igual que tú y no me habías visto, porque estaba en el río Minca conversando con el rey Dånn, pero él me dejó más confundido que tú.

—Oh cielos... ¡Ya sé lo que sucedió! Dice el rey Gato. ¡Mira!

Espera un momento y te lo explico, es la teoría del movimiento en el tiempo, pues el rey Årøx me enseñó que cuando dos cuerpos se desplazan desde el mismo punto de partida hacia distancias aparentemente diferentes y hacen el mismo movimiento continuo, hasta alcanzar la misma posición, la posibilidad de encontrarse en el punto final de encuentro, es del 100% según las leyes de la física, determinadas al romper la barrera del tiempo y al final los dos cuerpos entran en el mismo lugar haciendo una intersección en la línea temporal.

—¿Y quién es el rey Årøx? Pregunta el Caballero.

—Eso es una larga historia, después te la explico, contesta el rey Gato. "¿Hey? ¿Caballero, y qué te dijo el rey Dånn?".

—Bueno... Mientras estaba caminando cerca del río Minca escuché unos gritos de alegría desde el agua, responde el Caballero, pero lo más extraño es que él estaba nadando, y al otro lado sentado en el pasto había un joven con alas blancas, el rey Dånn se acercó a la orilla y me llamó nuevamente por un nombre que no recuerdo y es desconocido para mí, y después dijo que él me conoció en el año 997 en un barco vikingo.

—¿Y tú qué le dijiste? Pregunta Jær.

—Pues... "¡Yo no le creí y solté una carcajada!". Perdón rey Gato no me mires así, es que no lo pude evitar. Pues por mucho que vi su rostro la verdad no me acuerdo de él.

—Jær mira al Caballero de frente y le dice: Eso del viaje en el tiempo algunas veces nos deja perplejos y hasta nos confunde la mente, pero después te vas acostumbrando, pues la línea del tiempo y sus cambios solo los sabe manejar a la perfección Dälåf el jefe, pero lo único que no podemos hacer, es volver un día atrás en el tiempo, pues es una de las reglas del universo.

—Ahora el caballero dice: Rey Jær "¡Mira!", presta mucha atención, que todavía no he terminado. Cuando estaba hablando con el rey Dånn, de repente mis oídos escuchan el sonido de un aleteo en el cielo y para mi sorpresa, miro hacia arriba y entre los rayos de la luz de la luna venía volando un rey llamado Erîcø con alas azules como las de un pájaro gigante.

—Jær grita: ¿Pero? ¿Él es real? ¡No! ¡No! Yo no lo conozco y esta misma noche tuve una pesadilla con Erîcø, ¡Olvídalo! Afortunadamente eso solo fue un sueño.

—"¡Tranquilo amigo!" Erîcø solo llegó para saludar al rey Dånn y entiendo que estés asustado, pues sus ojos estaban llenos de fuego azul y por si fuera poco es muy grande.

—Ahora el Caballero le habla en danés: **"Kærlighed er stærkere end smerte, når vi husker at glemme vrede"**. En español traduce: "El amor es más fuerte que el dolor, cuando recordamos olvidar el rencor".

—"¿Por qué dices eso?", pregunta Jær.

—Bueno rey Gato, si quieres no me prestes atención. Pero necesito saber: "¿Dónde puedo conseguir mis armas de guerra?".

—Jær susurrándole al oído dice: Mi amigo no lo digas en voz alta solo pídelo y lo tendrás, hay una ley que me enseñó mi padre, que muchas personas ignoran en nuestro planeta, él me dijo: Por ser diseñados con la misma estructura molecular, los seres humanos también podemos transformar nuestros pensamientos, pero la única manera para que ellos se materialicen, es pedir de forma específica las cosas que deseamos y se hacen realidad. Y ahora que lo recuerdo mi reina Yøå, también le pasa lo mismo, pero con los sueños, ella tenía una cosa muy rara, pues cuando soñaba al despertar lo recordaba todo y simplemente esperaba que pasara un tiempo y el sueño se le hacía realidad ¿Puedes creerlo?

—Pero mientras Jær habla el Caballero no le está prestando atención, ahora mira los árboles y desde sus pensamientos le pregunta a Dæl: Todos los que están en este bosque son seres con cuerpos mitológicos menos yo. Aunque tengo algunos dones especiales, quiero ser como ellos y viajar en el tiempo ¿Qué debo hacer?

—Dæl le responde: Ten paciencia y solo agradece lo que tienes y verás que vas a conseguir lo que necesitas.

—Ahora Jær lo señala con su índice derecho y dice: Hey... Antes de irme quiero saber: "¿Cuál es tu nombre?". "¿Cómo te llamas? ¿Quién eres realmente? ¿Me lo vas a decir?".

En realidad, Jær lo hace para saber si tiene al menos un pequeño recuerdo de la vida del pasado, del futuro o de algo que haya vivido.

—El Caballero baja la cabeza, cierra los ojos y le dice: Déjame contarte lo que pasó desde que llegué a este bosque, yo solo recuerdo el momento en que desperté y lo primero que veo, es mi piel resplandeciendo en color azul, pero cuando miro a la derecha está la reina Påu con sus alas de mariposa, me da la bienvenida y pregunta mi nombre. En ese momento mi voz no sale, solo mis lágrimas dicen lo agradecido que me siento por estar vivo. Ella también dijo que los rayos azules devolvieron los latidos a mi corazón y no era necesario ser encapsulado en piel de crisálida. Rey Jær ¡Por favor! No preguntes mi nombre otra vez, te lo voy a decir, mi nombre es... Y al instante con fuerte voz el Caballero señala la UCI y dice: ¡Rey Jær mira a la izquierda, hacia los pinos!

En ese momento, la crisálida de la reina Yøå que está en el pino número dos se descuelga con la soga de seda y Jær corre por todo el bosque a buscar a la reina Påu. Mientras tanto, los hombres Alfil colocan a Yøå en una de las mesas de piedra. En medio de los invitados al concierto, Jær llega en el momento justo en que la reina Cífåny está cantando.

—Y él empieza a gritar diciendo: ¡Reina Påu! Amigos... "¿Saben dónde está la reina Påu? ¿Pueden ayudarme por favor? ¿Reina Påu? ¿Donde estás?".

El rey Gato sigue corriendo y preguntando por ella entre la gente del bosque, pero nadie la ha visto.

—Ahora después de diecisiete minutos de estar buscando a la reina Morpho, alguien toca el hombro del rey Gato y es ella, Jær voltea, queda estático, la mira y le dice ¡Wow! Yøå, pero... ¿Cómo saliste de la crisálida? ¿Te sientes bien? ¡Dime!

Y sin dar ninguna explicación Yøå con su vestido rojo, lo toma de la mano y corren juntos por el camino que conduce al río Minca.

—Jær pregunta: ¿Por qué corres tanto? ¡Espera! ¿Que pasó en la UCI? Yøå detente, te estoy hablando.

—¡Espera! ¡Espera! Ya te lo digo, mientras estaba en la crisálida tuve un sueño y vi todo el bosque quemándose, pero el fuego era azul, le contesta Yøå.

—"¡Que extraño!" Yo también soñé lo mismo, responde el rey Gato.

—Ahora Yøå mira al rey Jær y le dice: ¿Estabas esperando a que yo despertara? Pero tu sabes que pude despertar setenta años después.

–El rey Gato le contesta: En todos mis viajes nunca había visto alguien como tú, y creo que sería capaz de esperar toda una eternidad para estar a tu lado, te amo mucho ¿Lo sabes? ¿Verdad?

—Sí mi rey ¡Claro que lo sé!, yo también te amo y no sabes cuanto, desde el primer día que encontré mi dibujo y después que te vi lo supe, porque el extraño mundo del arte está combinado con la infinita estructura del ADN de nuestros cuerpos que transporta a través del tiempo lo mejor de nosotros. Contesta la reina Yøå.

—Jær le dice a Yøå: En realidad sé que el concepto del amor, es una variante muy singular en este siglo, porque justo cuando encuentras el amor de tu vida, sientes que se desvanece entre tus manos, pero quiero que sepas que tú me das paz, felicidad y este romanticismo genuino, y también sé que vale la pena luchar por ti hasta el final, porque, aunque te alejen de mí, buscaría hasta el último rincón del planeta, hasta encontrarte. ¡Creo que no sería capaz de vivir sin tí! Porque para dibujar, solo necesito los dedos, para amar, solo necesito una canción, para dormir, solo necesito el suelo, pero para vivir solo necesito escuchar los latidos de tu corazón.

—Yøå le contesta: Hoy el amor está por todos lados… Y aunque siempre quise estar a tu lado, miré por todos lados y caminé, pero en sentido contrario, porque te busqué por muchos años también, y gracias al Rey Supremo por fin puedo despertar a tu lado.

—Ahora el rey Gato mira hacia atrás y grita: ¡Caballero! ¡Ven! Quiero despedirme de ti, mi amigo.

Y antes de irse, el rey Jær le entrega al Caballero, un brazalete y un anillo fabricado con oro y piedras de turmalina gris, tallada con el rostro de un gato, además la reina Yøå le obsequia un arco de oro con flechas de turmalina también.

—Jær le dice al Caballero: La densidad de la energía negativa que quedó en tu cuerpo por el impacto del rayo, desaparecerá cuando te coloques el anillo y establecerá cambios en tus células.

Ahora el Caballero quita de su mano izquierda un brazalete de zafiros azules que se encontró en el bosque y se lo obsequia al rey Jær, como un recuerdo por ayudarlo en el camino en medio de la noche. Al recibir estos regalos, el Caballero empieza a sentir en su mente, una sensación extraña de recuerdos de un universo alterno entre el pasado y el presente. Pero él no les dice nada y solo se sonríe.

—"¡Wow!" Dice el Caballero, y mirando a la derecha se pregunta: "¿Esto será alguna clase de déjà vu? ¿Cómo es posible? ¿No puede ser? ¿Solo han pasado unos cuantos minutos y por fin tengo mis armas de guerrero?".

Después de recibir sus armas él se queda sin palabras y sus ojos se ven como cristales que reflejan el fuego de un incendio, con sentimientos encontrados, mira a sus amigos por última vez en este lapso de tiempo, coloca el arco y las flechas de diamantes en su espalda y el anillo lo mete en el bolsillo de su gabardina gris.

—Con expresión de alegría en su cara les dice: ¡Gracias amigos! Estoy muy sorprendido, en serio no me lo esperaba, esto significa mucho para mí, pero "¿Dónde está mi medallón del tiempo?".

—Jær le dice: La verdad "¿No lo sé?". No fui enviado para darte un medallón del tiempo "¡Lo siento!".

—El rey Gato corre con su querida reina, pero de repente él se detiene un momento, y se devuelve a dónde está el Caballero, lo toma del hombro derecho y le dice: **"I vanskelige tider, vær modige og du vil være så stærk som stål".** En español traduce: "En tiempos difíciles sé valiente y serás tan fuerte como el acero". Este es el poder que voy a darte... Colócate el anillo y alza tu mano en dirección a la Galaxia Andrómeda. ¡Espero que lo disfrutes! Pero... Como no has querido decir tu nombre a los demás, desde hoy serás llamado **GATØÜROX** el Rey Atlantic. Recuerda, el acero también se convierte en tu gran debilidad, más tarde lo sabrás.

—¡Wow! El nombre de un felino está genial, contesta el Caballero. Pero "¡Mira!", aunque no lo recuerdo con claridad, algo me dice que ese no fue el nombre que me colocaron mis padres y mucho menos el nombre que gritó el rey Dånn cuando estaba nadando en el río Minca. ¿Puedes explicarme? ¿Qué está pasando?

—Jær le dice: Mi amigo espero que con el tiempo lo puedas comprender, Ahora solo disfruta de este lugar, pero recuerda que solo tendrás tus habilidades de felino mientras tengas el anillo en tus dedos, aunque cuando te lo coloques, será muy difícil que puedas quitarlo de tu mano.

—Gatøürox le dice al rey Gato: ¿No sé ni qué pensar? Aunque sé que este lugar es ideal para nosotros, de hecho estoy seguro que en otra atmósfera de la línea del tiempo, seríamos los seres más raros e incomprendidos de este planeta, pero lo cierto es que a través de los siglos, hemos desarrollado la habilidad de expresar sentimientos, por medio del brillo de los ojos con el parpadear de las pestañas y hasta el día de hoy, lo hemos convertido en un lenguaje de comunicación, muy parecido al poder que tiene la mirada de la Mona Lisa, la expresión de sus ojos deslumbran a todo el que la ve. Aunque hoy me siento más extraño que Leonardo Da Vinci intentando volar por los campos de Milán el 3 de enero del año 1496, sus ideas futuristas están en mi mente todo el tiempo y creo que al final podré saber algunos de sus secretos.

Ahora el rey Jær se despide y corre hacia la reina Yøå.

—Gatøürox grita: ¿A dónde irás rey Gato?

—Él responde: Mi amigo la pregunta no es a dónde iré, la pregunta debería ser: ¿En que dimensión del tiempo estaré? Recuerda lo que te digo hoy, tal vez nos volvamos a encontrar en otro lugar, en los caminos de los Laberintos del Tiempo.

Mientras el rey Jær y Yøå siguen corriendo, sus medallones se encienden, les muestran las mismas coordenadas y un portal con fuego de luces de colores, se forma poco a poco frente a ellos, en el camino que llega hasta el río. Y en una fracción de tiempo, las partículas de sus cuerpos se fusionan y los dos desaparecen al instante.

Gatøürox se coloca el anillo en la mano izquierda y ¡Miren! El oro del anillo penetra su piel hasta llegar a los microfilamentos de sus huesos, luego al torrente sanguíneo y la genética de su ADN empieza a hacer cambios. Y las partículas de oro lo transforman en un híbrido con aspecto de hombre y partes de un animal. ¡Miren! Ahora su cuerpo tiene dos cepas en las células de su ADN y por consecuencia, de la cintura hacia abajo tiene la forma de un gato montés, además él resplandece en color azul poco a poco desde la punta de sus dedos hasta cubrirlo por completo.

Pero la energía del anillo es tan fuerte, que Gatøürox intenta caminar con su nuevo cuerpo de gato montés y de inmediato se desploma, cae al suelo y su corazón empieza a latir muy rápido, tan rápido que parece que no lo va ha soportar. Ahora en un instante se lanza hacia el cielo como un trapecista a siete metros de altura, pero de inmediato vuelve a caer inconsciente en el pasto del bosque.

La vida del planeta tierra viene y va en distintas formas, por siglos en el agua y en la tierra existen pequeñas bacterias y microorganismos, pero mientras unos nacen otros mueren sin poderlo evitar en el impresionante espacio del universo.

-NOTAS-

–Sueño: En los seres vivos tiene la función de reparar el organismo para poder seguir la vida en condiciones óptimas. Es una función fisiológica, pero en el sueño aparecen materiales cognitivos de difícil interpretación y con un alto contenido emocional y muchas veces se les da diversas interpretaciones, aunque algunas personas opinan que los sueños no tienen ninguna trascendencia en la vida real. Aunque cada persona tiene su propio concepto de los sueños.

–Cepa: En microbiología, es una población de microorganismos de una sola especie descendientes de una única célula o que provienen de una determinada muestra en particular.

–Turmalina: (Al Mg Mn)$_6$(BO$_3$)$_3$.(OH F)$_4$. Tiene una fórmula química muy compleja y es un grupo de minerales de los ciclosilicatos. Aunque está en casi todos los colores, el color gris transparente con líneas es una de las gemas más llamativas.

–Laberintos del Tiempo: En este libro es la expresión utilizada para referirse a la intersección de viajes entre el espacio y el tiempo de lugares en la historia del planeta Tierra.

–Ojos: El ojo humano captura imágenes a una resolución equivalente a 576 megapíxeles. Hay alrededor de seis millones de conos o células sensibles a la luz en cada retina y entre noventa y ciento veintiseis millones de bastones, las células responsables de la visión.

–**Microfilamentos:** Forman parte del citoesqueleto y están compuestos predominantemente de una proteína llamada actina.

–**ADN:** Es un ácido nucleico que contiene las instrucciones genéticas usadas en el desarrollo y funcionamiento de todos los organismos vivos. También es responsable de la transmisión hereditaria.

–**Genética:** Esta palabra viene del griego γένεσις que traduce génesis, origen. Es el área del estudio de la biología que busca comprender y explicar cómo se transmite la herencia biológica de generación en generación mediante el ADN.

–**La Mona Lisa:** Gioconda, como es conocida a nivel mundial, se dice que es el retrato de Lisa Gherardini, esposa de Francesco del Giocondo. Este rostro fue pintado en óleo, por el italiano Leonardo Da Vinci. Lo cierto es que aún se desconoce a quién pertenece el rostro de esta dama. Algunos críticos de arte creen que este es el rostro de la madre de Da Vinci y otros se atreven a decir que el mismo Leonardo, se dibujó en forma de mujer. Aunque todas estas son simples hipótesis, al final la obra fue adquirida por el Rey Francisco I en el siglo XVI y hoy se puede admirar en uno de los salones del Museo Louvre en Francia.

–**Leonardo Da Vinci:** (Leonardo di ser Piero da Vinci) Fue un pintor, anatomista, arquitecto, paleontólogo, artista, botánico, científico, escritor, escultor, filósofo, ingeniero, inventor, músico, poeta y urbanista. Hizo progresar mucho el conocimiento en las áreas de anatomía, ingeniería civil y la óptica.

JØN

EPISODIO 8
LABERINTOS DEL TIEMPO
GØDÎE (Rey Número 34)

"Todos los seres humanos pueden dar amor, pero solo unos pocos te regalan su pasión".

AGATA

En este momento, en una de las mesas de piedra de la UCI se encuentra el rey Gatøürox con extrasístoles y 700 latidos por minutos en el ritmo cardíaco, además su cuerpo vibra con movimientos exagerados, que desequilibran su piel y dejan restos de su ADN en la mesa también. La reina Morpho y sus amigas hacen todo lo posible para estabilizar al rey Gatøürox o tendrán como última opción, envolver su cuerpo en piel de crisálida, tal vez por muchos años. Pero si él sigue moviéndose así, será imposible envolverlo y mucho menos colocarlo en el pino.

Y mientras la escena está pasando, de fondo se escucha un violonchelo que está tocando afuera de la UCI, **KËCIÅ** la reina del sueño, con sonidos envolventes que deslizan las notas de la composición Cello Suite Número 1 de Johann Sebastian Bach ¡Y miren! Detrás de los pinos se encuentra Jëz, pero ella no puede evitar bailar ballet, mientras suena el dulce acorde de esta melodía. Ahora continúa sintiendo en tu piel, el hermoso sonido y esta noche deleita tus sentidos; escuchando desde el violonchelo las frecuencias de las ondas sonoras del viento.

El vestido de la reina Këciå es gris oscuro, con escote de un solo hombro ceñido hasta la cintura y largo hasta el suelo, bordado con canutillos de cristal, formando muchos remolinos que simulan los espirales de las ondas sonoras que emite el mar, y en su espalda tiene alas de un ave en color gris, pues ella pertenece a las siete mil mujeres ave que deleitan nuestros oídos con el sonido de su voz. Ella no tiene armas de guerra, pero tiene un secreto que muy pocos conocen y tal vez algunos nunca sabrán.

—ÅPØL un hombre Alfil mira al rey Gatøürox muy sorprendido y dice: "¡Reina Morpho, los folículos del cabello y el bigote le están saliendo!", y de la cintura hacia abajo se está formando la estructura ósea de un gato montés, en todo este tiempo no había visto algo así.

—Ahora Påu le responde con muchas preguntas: "¿Tantos años viviendo en este bosque, y todavía no te acostumbras? ¿Tú lo sabes? ¿Lo recuerdas?". El secreto del material de los anillos que usamos los guerreros del tiempo, en combinación con nuestro ADN son todo un enigma, pues lo que a unos les fortalece a otros los puede matar.

—¡Sí, claro que lo recuerdo! Contesta Åpøl con una sonrisa graciosa. Tú sabes que esa fue una de mis clases favoritas, pero cada guerrero reacciona de una forma diferente y eso es algo de lo que nunca me voy a acostumbrar. No me contestes así, aunque ¡Sé que de mí ya no te acuerdas! ¡Pero también sé! Que en las noches no me olvidas… Y esperas cada mañana al despertar un bueno día. Yo simplemente estoy aquí para ayudar y no me importa nada más. Además, todos en el bosque te ayudamos sin esperar nada cambio y tu mente parece estar en otra parte.

De repente, en un Attosegundo del tiempo, el cuerpo del rey Gatøürox se estabiliza, abre los ojos y comienza a hablar cosas incoherentes en un idioma desconocido para todos los que están presente. Él hace un extraño movimiento en sus manos y da la apariencia de estar leyendo, pues sus pupilas y su cabeza giran de derecha a izquierda, porque en realidad en frente de él se hacen visibles mensajes con letras de luces doradas como el reflejo de las estrellas. Ahora sus lágrimas se derriten como el hielo en medio del calor del fuego. ¡Pero miren!, la reina Morpho y sus amigas no ven las letras ni entienden lo que sucede.

En ese momento el rey Gatøürox desde su mente está viendo de forma simultánea las escenas de lo que están haciendo sus amigos en distintos tiempos de las siete dimensiones, por un lapso de tiempo ve a la reina Påu, Jær y Yøå en medio de un bosque en Canadá en el año 1717 cerca del Castillo Ramezay, mira a la derecha y observa al rey Jazår conversando con un ave azul, mueve sus ojos a la izquierda y ve lo que hace la reina Døå en la atmósfera de la tierra y también ve a la reina Glåss y sus hermanas en el bosque de los eucaliptos.

Yo Dæl quiero contarte que los sucesos de momentos en el tiempo, establecen situaciones variables en la línea temporal, cada decisión que tomamos transporta attosegundos que pueden cambiar nuestras vidas en un instante. Pero los movimientos en el tiempo del rey Gatøürox ya están establecidos, solo que aún no los ha vivido. "¡Y no es el destino cómo estás pensando!". Pues solo las acciones de tu mente, escriben cada día en el pergamino un nuevo destino, aunque te suene contradictorio deberías saber también, que las escenas de nuestras vidas ya fueron archivadas desde el principio en el final de los laberintos del tiempo.

"¡Miren!" Desde el cielo se escucha el sonido de unas alas y Kёciå mirando hacia arriba, deja de tocar el violonchelo, toma a Jёz del brazo y corren juntas a la UCI para informar que Dågüx el rey de los Alfil está llegando.

—Ven, deja de correr vamos volando así llegamos más rápido dice la reina Kёciå.

—¿Por qué tanto afán? ¿Kёciå? ¿Para dónde vamos? Pregunta Jёz.

—¿Jёz no te das cuenta? En la UCI hay un guerrero que está a punto de morir y hoy nuestro trabajo es vigilar todo lo que está pasando en el bosque, aunque no somos espías, contesta Kёciå.

— Pues, eso no es lo que parece. Replica Jёz.

—¡Ya lo sé! No tienes que recordar cual es nuestra misión, yo me quedo aquí, le contesta Kёciå.

— Jёz grita: "¡Reina Morpho, mira está llegando el rey de los Alfil!".

Y mientras esto sucede, Kёciå y Jёz se quedan afuera de la UCI en la parte trasera vigilando desde lejos y observando todo el panorama, pues para Kёciå es muy fácil, porque todos en Minca piensan que su poder es la habilidad con el violonchelo y el dulce canto de su voz, y en realidad ellos están equivocados.

Ahora Gatøürox da un salto, abre los ojos, se estabiliza y queda como si nada hubiera pasado, se levanta de la mesa de piedra y empieza a caminar de un lado a otro muy tranquilo, y en un instante se acerca a la reina Påu y le dice un poema que se convierte en canción.

POEMA PARA PÅU

Cuando el reloj anunciaba la medianoche no tenía sueño, pues quería sacar la pena y la desgracia que estaban dentro y fuera de mi corazón, entonces decidí callarme y amarrar el corazón con grilletes de amor, para poder dormir y no sentir más dolor. Hoy quisiera borrar los recuerdos, así como el viento borra las nubes en el cielo, y al final la lluvia gota a gota cae sobre el suelo, pero es imposible, por eso los guardaré en un lugar tan profundo que ni tus oídos los podrán escuchar y sé que en un instante mi dolor sanará.

—El rey Gatøürox continúa diciendo: Y mientras te vas, de mi mente no saldrás. Porque la neblina del bosque te abraza y acaricia tu alma ¡Pero no es ella! Soy yo el que está a tu lado, y los recuerdos de un trozo de papel se aprisionan cada vez más, a pequeñas puntadas de un lápiz viejo que estuvo a su lado en el pasado, y aunque no estás, el se quedará guardado, aislado, olvidado, en oscuridad, pero muy cerca de mi lado.

De repente el rey Gatøürox cae al suelo, empieza a convulsionar y da la apariencia de estar muerto, pues su corazón se detiene en ese momento. Y la reina Påu lanza rayos azules desde sus manos y el corazón de Gatøürox tiene latidos de nuevo.

Ellos están impactados con los cambios del cuerpo del rey Gatøürox. "¡Pero miren!" Desde el cielo viene volando el rey Dågüx.

—Påu le pregunta: " ¿Dågüx? ¿Qué haces aquí? ¿Quién te dijo que vinieras?".

—Hey relájate… Reina Morpho solo vine para ayudarte. Y moviendo el anillo de zafiros de su mano izquierda, el rey Dågüx lanza en forma circular humo azul al rey Gatøürox, dejándolo inconsciente, Nöråya rápidamente lo envuelve en piel de crisálida y la reina Påu lo eleva a la rama más alta de uno de los pinos.

Pero justo en el momento en que el rey Gatøürox llega al pino número siete, Åpøl sin que nadie en el bosque se dé cuenta, se hace visible, toca la parte inferior del pino y todo el árbol se llena de una energía especial ¡Y miren! En medio de la noche se ven pequeñas estrellas de fuego azul encima de las ramas del pino número siete.

Påu y los demás reyes, piensan que todo va bien, hacen un gesto de agotamiento y se van a las cabañas de Sierra Minca a descansar.

—Cuando van volando la reina Morpho pregunta a Dågüx ¿Dónde está el brazalete de zafiros que te regalé?

—¡No sé! Mientras estuve en uno de mis viajes, en la dimensión número tres se me perdió, pero por mucho que lo busqué no lo encontré, responde Dågüx.

—"¿Dimensión número tres? ¿Qué estabas haciendo allá?", le pregunta Påu.

—Él responde: ¡Ya te lo dije! Estaba en una misión muy importante y lo siento, pero no puedo decirte nada más, lo único que debes saber hoy, es que la primera dimensión se abrió en el año 1770, pero las siete dimensiones están establecidas entre el año 997 hasta el año 2770, solo espero que no lo olvides, recuerda que no todo el tiempo estaré aquí.

—Sí... ¡Lo sé! También estoy informada, contesta la reina Påu.

¡Pero miren! Mientras ellos hablan, detrás de los pinos se ve la figura oculta de un rey con alas blancas, y está observando todo lo que está pasando, pero nadie se da cuenta de su inspección, pues él solo espera con paciencia el momento preciso para cumplir su misión.

Siete hombres Alfil quedan a cargo de la UCI el resto de la noche, solo ha pasado un rato y cuando todo el bosque está en silencio, las estrellas de fuego azul que colocó Åpøl en el pino despiertan a Gatøürox, ahora él quema la tela de crisálida con los rayos que salen de sus ojos y el pino descuelga la soga de seda, y antes de caer al suelo se suelta con la intención de poner en práctica las habilidades de su nuevo cuerpo; que es flexible como un Felino. Gatøürox busca sus armas, coloca el arco y las flechas de turmalina en su espalda y cree que los hombres Alfil no se dan cuenta, entonces corre a la izquierda por el camino que conduce a la zona más densa del bosque, y sigue bajando la montaña para llegar al pueblo de Minca.

En estos momentos es de madrugada y las estrellas no se ven, y en el cielo hay pequeños destellos de colores entre gris y azul, aunque en realidad se ve un poco oscuro todavía y estos colores dan lugar a un nuevo día. El rey Gatøürox mira hacia atrás y ve un rayo de luz entre los árboles más altos del bosque y "¡Miren!", la luz es similar al color del fuego y muy parecida al reflejo de energía que lo perseguía cuando estaba en la Isla Cabica en Soledad Atlántico. Desde lejos también se ve el camino lleno de muchas alas de color azul de los hombres Alfil que lo están persiguiendo.

—El rey Dågüx grita de forma enérgica: "¡Deténganlo!" Gatøürox, no puedes salir de esta manera, necesitas ser encapsulado nuevamente en piel de crisálida.

Aunque su nuevo cuerpo de gato montés lo ayuda a ir a toda velocidad, los hombres Alfil vuelan muy rápido y están a punto de alcanzarlo.

—En ese instante aparece un joven volando en el camino, lo agarra de los brazos sujetándolo por la gabardina gris y suspendidos en el aire él dice: "¿Amigo, quieres que te ayude? ¿O prefieres ser capturado nuevamente?". ¡Vamos! El brillo de la luz del medallón informa que se activaron las coordenadas del portal del tiempo.

—Yo te vi cuando llegué por primera vez al río Minca "¿Me recuerdas?" Grita el rey Gatøurox, tú estabas cerca de Dånn, pero no te dije nada porque me dio mucha vergüenza al no distinguir la voz, ni reconocer al rey Dånn en ese momento.

—Sí... ¡Claro que te recuerdo! ¡Pero vamos! No hay tiempo para hablar ¿Quieres salir de aquí? ¿Dime? No puedo llevarte sin tu permiso, Dälåf el jefe me dio órdenes precisas. Te estoy vigilando desde que el rey Jær te entregó el anillo y en realidad fui enviado para sacarte de este bosque, antes que llegue la luz que te persigue ¿Te lo repito? ¿Quieres salir de aquí?

—¡Por supuesto amigo! Si supieras lo que se siente estar dentro de la piel de crisálida y además escuchar todo a tu alrededor ¡No me lo preguntarías tantas veces!, le contesta el rey Gatøürox con la respiración agitada.

—Ahora el rey Gatøürox le pregunta: Pero ¿A dónde iremos?

—Él responde: ¡Al pasado!

En ese momento empiezan a girar las luces de fuego de un portal de color verde, en una de las curvas del camino de las montañas de Minca. Y antes de ser capturados el rey Gatøürox y el joven de alas blancas, con gabardina, saltan adentro del portal. Lo que no saben es que mientras hablan detrás de ellos viene volando Këciå, y antes que las luces de fuego verde desaparezcan, ella entra también en el portal para viajar en el tiempo.

Y en un abrir y cerrar de ojos, el portal desaparece en frente de los hombres Alfil, y al final ellos se devuelven a Sierra Minca y simplemente se miran unos a otros sin imaginar que fue lo que pasó.

MARSELLA, FRANCIA. El tiempo marca la noche del 7 de julio del año 1770, en las costas del Mar Mediterráneo.

El rey Gatøürox, el joven y Këciå caen en un lugar que conduce a una playa de Francia en plena noche.

¡Miren! Este joven está vestido con una ropa medieval y lleva puesta una camisa de seda con boleros en el final de las mangas, en el cuello el medallón del tiempo, en su cuerpo una gabardina de tela con capucha sin mangas decorada con bordados en piel de oso, en la cabeza una corona de oro con formas geométricas "¡Wow!", tiene un anillo con el rostro de un gato elaborado en piedra de ágata verde; y se parece mucho al anillo que lleva el rey Jær, también tiene puesto un pantalón de color verde pino, en la cintura una espada de oro tallada con las huellas de un gato y botas en piel de oso, y en su espalda se ven alas gigantes en color blanco con plumas como las de un ave.

—El joven le dice al rey Gatøürox: Está noche hemos viajado a Marsella frente al Mar Mediterráneo, mi nombre es **GØDÎE** el Rey Agat y pertenezco a los siete mil hombres gato, al igual que Jær.

—Ahora Gødîe mira hacia atrás y dice: Këciå "Pero, ¿qué estás haciendo aquí? ¿Cuándo llegaste?".

—Ella le responde: Entré al portal detrás de ustedes, pero "¡No te preocupes!", no voy a causar ningún problema ¡Te lo prometo!

Solo vine a ayudarlos en la misión.

—Pero ¿quién te envió?, dice Gødîe.

—Nadie me envió, contesta Këciå, con un susurro en su voz y bajando la mirada se sonríe y le dice: Me enteré que venías para el Castillo de If, no pude evitarlo y te seguí hasta que se abrió el portal. "¿Recuerdas cual es mi poder?".

—¡No! ¡La verdad! ¡No lo recuerdo! ¿Es tu voz? ¿O el violonchelo? ¡El día que hablamos no me lo dijiste!, le contesta Gødîe.

—Abriendo los ojos y apretando los labios le dice: "¡Si te lo dije!" Seguro no me prestaste atención, te lo voy a repetir, mi poder es que no duermo, pero puedo hacer que otros duerman y los hombres **ØNÎX** no podrán conmigo, sus flechas están inactivas en mi cuerpo.

—¡Sí! Ya me acordé le contesta Gødîe con picardía.

En ese momento Këcîa lo mira con ojos seductores y le empieza a recitar al rey Gødîe, un poema.

POEMA PARA GØDÎE

No sé si es real, si esto es un sueño o es algo más, pues el amor no se escribe con dolor y es más fuerte que el sonido de tu voz. Pero hoy no me alcanzan los colores para demostrarte cuanto te amo yo. Pinta, píntame el corazón de colores y hazme olvidar los temores, que se quedaron al mirar atrás, pinta, píntame un cielo de sueños y hazme recordar lo bello que es el amanecer, cuando tú estás, Pinta, píntame notas musicales y hazme entender el acorde del sonido del silencio, que recorre el mar.

—El rey Gødîe mira a Këcîa con ojos de asombro, se sonroja y le dice al Caballero: Bienvenido guerrero espero que disfrutes tu nueva misión y no olvides estas palabras: **"Alle mennesker kan give kærlighed, men kun få giver dig deres lidenskab".** En español traduce: "Todos los seres humanos pueden dar amor, pero solo unos pocos te regalan su pasión".

—¡Pero dime! ¿Cuál es tu nombre? ¿Quién eres? ¿De dónde vienes? ¿Y a dónde quieres llegar?, le dice Gødîe. Bueno en realidad, puedo leer tu mente y sé lo que piensas, pero prefiero que me lo digas tú mismo.

—Caminando hacia atrás y mirando su propio cuerpo desde sus pies hasta las huellas de sus manos, él contesta: Pero ¡Espera, espera! ¿Cómo es posible que estemos en el año 1770 nuevamente?, y atravesar todo un océano desde Colombia hasta Francia, en tan solo un instante de tiempo. Y alzando la voz le dice: Necesito que me entiendas y te pongas tan solo un momento en mi lugar. "¿Qué está pasando?", además esto es muy raro y hasta siento que estoy dentro de un sueño. Pero algunas cosas son tan geniales que no quisiera despertar.

—Con mucha paciencia Gødîe le explica: Amigo, creo que no debo contártelo, pero "¡Te lo voy a decir!", es la teoría de la sombra del rey Årøx "¡Mira!", viajamos en el tiempo tan rápido, porque, aunque un cuerpo en apariencia está solo, el reflejo del brillo de la luz puede transportar la imagen del cuerpo y al final se ven dos imágenes visuales en distintas dimensiones, pero en realidad sólo hay un cuerpo. ¿O te has preguntado? Como es que las moléculas del agua congelada que están dentro de una botella de cristal y puesta encima de una mesa, pero cuando la colocas junto al fuego de una chimenea; el hielo sale de la botella y se traslada a la superficie de la mesa en estado líquido. Pues, así es posible viajar en los laberintos del tiempo, los dos atravesamos la barrera del tiempo por medio del portal del fuego verde, con la ayuda de las coordenadas que marca el medallón de oro y cambiamos en siete attosegundos nuestra estructura molecular para luego llegar a este lugar.

Además, el mundo físico en el que vivimos parece de cuatro dimensiones perceptibles, pero si colocas un recipiente colgado de una cuerda y lleno de pintura con un orificio en el fondo y lo giras como un péndulo, podemos ver en la pintura, movimientos específicos que dan la intención a espacios de tiempo y diferentes direcciones de una dimensión que no captamos a simple vista y qué podemos observar con claridad cuando la pintura marca las contínuas posiciones del objeto en movimiento.

—¡Hey! Gødîe ¿La verdad, no sé cómo? ¿O por qué? Pero entendí todo con mucha facilidad. ¡Mira! Mi nombre es Gatøürox, bueno así me llaman ahora y no sé ni quién soy, pues tengo muy pocos recuerdos de mi vida anterior y en estos momentos entiendo escrituras en idioma danés y veo lugares en los recuerdos de mi mente, donde nunca he viajado, además cuando cierro los ojos puedo ver también ecuaciones matemáticas en letras de fuego, en fin no sé como explicarlo. ¿Pero si estamos en Francia? ¿Cómo es que hablas en idioma danés y no en francés? ¿Y quién es el rey Årøx?

—La historia del rey Årøx no me corresponde decírtela, otro viajero te la contará. Y te hablo en danés es porque no soy francés, pero me encanta París, le dice el Rey Agat, "¡Mira!" En realidad, viajamos hasta Marsella para una misión muy importante y estamos aquí para rescatar al rey DÅËN que se encuentra en uno de los calabozos más profundos del Castillo de If, a un poco menos de tres kilómetros de esta bahía en medio del Mar Mediterráneo.

—¿Cuál misión? ¿No sé de qué hablas? ¿Creo que estás equivocado? Le dice Gatøürox. Yo no soy un guerrero del tiempo, si observas, en mi cuello no llevo puesto un medallón de oro y la verdad "¿No sé quién eres? ¿Tampoco sé de dónde vienes? ¿Además, tu cara tiene rasgos de Gato? ¿Y cómo es posible que tengas alas de un ave?".

—Son muchas preguntas le contesta Gødîe. Bueno en realidad pertenezco a los siete mil hombres Gato y en estos momentos solo puedo decir que las alas me las gané con mucho esfuerzo. ¡Mira!, el jefe de los portales dice que tú tienes el poder de absorber energía y lanzas fuego blanco desde tus manos, imagino que fue por eso que te mandó a buscar.

—¡No, no, no! ¡Mira! Rey Gødîe la última vez que hice eso estuve muerto, bueno en realidad morí y Påu la reina Morpho me resucitó con los rayos azules que salen de sus manos.

—Por eso no te preocupes Gatøürox, pues antes de ir a la misión te voy a entrenar. Ese día estuviste muerto, porque aún no sabes controlar tus poderes, pero fui enviado para ayudarte.

—Mientras Gatøürox está mirando el agua del mar Mediterráneo tocando sus pies, en el vaivén de las olas, Gødîe lo toma del brazo izquierdo y le dice: observa tu rostro en el agua.

—No tengo necesidad de verlo, contesta Gatøürox, pues ya toqué mi cara y sentí los mostachos en mi piel y en realidad pensé que nunca más tendría cabello.

—¡Hey! Gatøürox, entonces no dejes que nada te distraiga, concéntrate en la misión. Dälåf me dijo que te ofreciera más herramientas de guerra ¿Que necesitas? "¡Puedes pedir lo que quieras!".

—Yo necesito mi medallón del tiempo le dice Gatøürox bajando la mirada. Pero te lo digo porque me lo has preguntado, pues no quiero parecer imprudente otra vez.

—Mi amigo en realidad no fui enviado para darte un medallón del tiempo, la verdad si tuviera otro medallón te lo daría sin pensarlo dos veces. ¡Pero no lo tengo! Yo he venido para entrenarte y fortalecer tus habilidades ¡Mira!, antes que amanezca vamos a entrar al Castillo de If. Para que no mueras otra vez, debes controlar la energía que sale de tus manos.

—¿Cómo vamos a entrar? Pregunta Gatøürox.

—Tú irás por el agua, mientras yo voy volando con Këciå y nos encontramos en la parte trasera del Castillo. Sé que piensas que sería mejor ir en el Barco Vikingo sin tripulantes que está a tu derecha en la playa, pero no podemos ir en ese drakkar, el castillo está custodiado por guerreros hábiles, solo ten mucho cuidado, porque si una de sus flechas toca tu cuerpo ¡No mueres!, pero inevitablemente quedas dormido en un sueño tan profundo que te será muy difícil establecer la realidad, aún si estuvieras despierto, y eso es lo que hace que desde afuera del castillo, no se escuche ningún sonido, pues ¡Aunque no lo creas!, todos los prisioneros están dormidos. Además, ellos tienen cañones de guerra que lanzan fuego a los barcos enemigos y me han dicho que también son diestros utilizando el arco y la flecha, y el castillo está dirigido por **KØN** el rey Onix.

Y mientras los tres están hablando, el cielo de la bahía de Marsella, se llena con muchos Hombres Ønîx que custodian el Castillo, ellos son guerreros que llegan volando con alas de cuervos en color negro y vestidos con prendas en color gris plomo y flechas del sueño talladas en piedras de Ónix. Pero son tantos, que Gødîe y sus amigos no tienen más alternativa que quedarse inmóviles.

—Gødîe por telepatía le dice a Këciå y al rey Gatøürox: Tranquilos amigos este es nuestro boleto al castillo. ¡Quédense quietos un rato y no hagan ningún ruido por favor!

De forma inesperada a un Hombre Ønîx se le suelta una flecha que va en dirección a las alas blancas del rey Gødîe y en un attosegundo, con mucha velocidad Gatøürox antes que la flecha llegue a las alas de Gødîe, lo toma del brazo y corre por encima del agua. A lo lejos solo se siente un chasquido; como cuando tus dedos se unen escuchando una canción. Y en un instante los dos están a salvo detrás del Castillo de If, y por obvias razones respiran profundo, porque no imaginaban que saldrían tan rápido de allí.

Al otro lado de la playa, a la reina Këciå le tapan la boca con un pañuelo y es capturada por los hombres Ønîx. Gatøürox y Gødîe piensan que están a salvo, pero cuando miran hacia atrás, siete hombres Ønîx les están apuntando a sus espaldas, todos con flechas del sueño en las manos.

Por lo que vemos, la belleza de la Bahía de Marsella y el encanto de sus aguas cristalinas, se han convertido en un espejismo para los guerreros del tiempo, tan solo un movimiento en falso y quedarán prisioneros entre la eternidad, el sueño y los caminos de los laberintos del tiempo.

–**Corazón:** El ritmo del corazón de un ser humano con una frecuencia cardíaca normal, puede estar entre 60 y 100 latidos por minuto. Un corazón correctamente calibrado, hace que la vida continúe dentro del cuerpo sin ningún problema, pero a partir del momento en que el corazón deja de latir, las funciones de los órganos del cuerpo se detienen y dan inicio a un proceso llamado necrosis.

–**Castillo Ramezay:** Construido en 1705 como residencia del gobernador de Montreal, Claude de Ramezay, el castillo fue el primer edificio proclamado como monumento histórico de Quebec y es el museo de historia privado más antiguo de la provincia.

–**Frecuencia**: Es la medida del número de veces que se repite un fenómeno por unidad de tiempo, tales como el sonido, las ondas electromagnéticas, la radio o la luz. También expresa el número de ciclos que repite la onda por segundo.

–**Johann Sebastian Bach:** Fue un músico alemán del período barroco, compositor para violonchelo, organista, violinista, director de orquesta, director de coro, profesor de música y profesor universitario.

–**Ónix:** (SiO^2) Es una de las piedras más populares a nivel global. Pertenece al cuarzo y gusta mucho en su hermoso color negro.

–Dentro de un Sueño: Algunas personas tienen la capacidad de recordar al despertar, los momentos en un sueño dentro de otro sueño. Y también se ven a sí mismos en la misma posición en el sueño, tal cual están al despertarse.

–Castillo de If: Es una fortificación francesa edificada entre 1527 y 1529 en una pequeña isla del archipiélago de Frioul, en la bahía de Marsella en Francia.

–Imágenes visuales: Son aquellas que son captadas a través de la vista. Pueden ser cromáticas y cinéticas, también pueden surgir de diferentes formas, tamaños o dimensión.

–Marsella: Es la segunda ciudad más grande de Francia y está situada en una de las costas del mar Mediterráneo. Cuenta con un clima templado y es la capital más soleada del estado. En el transcurso del siglo XVIII, se mejoraron las defensas del puerto y se hizo más importante como puerto militar en el Mediterráneo. En 1720, la Gran peste de Marsella, una variante de la Peste Negra, provocó cien mil muertes en la ciudad.

–Pergamino: Palabra que viene del griego bizantino pergamēné literalmente de (Pérgamo) En esta ciudad se preparaban las pieles para escribir y este material es hecho a partir de la piel de cordero y de otros animales.

–Línea Temporal: Este concepto se establece con relación al tiempo y el espacio de sucesos entre el presente, pasado y futuro.

–**Agat:** (SiO^2) Nombre en danés de una piedra preciosa de color verde. Pero en realidad, son variedades de calcedonia que presentan bandas de varios colores. La piedra de ágata se encuentra en rocas volcánicas cuyo tamaño puede variar. Algunos atribuyen propiedades curativas a su portador, pero la mayoría la utilizan por sus hermosos colores.

–**Extrasístoles:** Los síntomas más frecuentes incluyen palpitaciones, latidos cardíacos acelerados, ausencia de latido o alteraciones de otro tipo.

–**Necrosis:** Esta palabra viene del griego: νεκρός. Es la muerte de un conjunto de células o de cualquier tejido en un organismo vivo, provocada por el aporte insuficiente de sangre a los tejidos.

EPISODIO 9
DENTRO DE TUS SUEÑOS
HÎØ (Rey Número 37)

"El principio de la eternidad comenzó en el espacio, porque la unidad de medida del universo está establecida por el tiempo".

ÓPALO

El Rey Gatøürox se siente muy extraño, porque le parece que las escenas en la ciudad de Marsella no son reales, y piensa que está dormido, pero le gusta tanto este lugar que tiene miedo a despertar.

Es de noche en el Castillo de If y en el cielo se ven nubes blancas con pequeñas vibraciones de energía electromagnética. También se siente en el aire un fuerte olor a ozono con un aroma húmedo que desprenden las olas del Mar Mediterráneo y dan la sensación del comienzo de una tormenta en verano.

Ahora Gatøürox baja la mirada y en su mente, no puede dejar de ver lugares y personas dentro de otra atmósfera del tiempo. Él quiere que alguien le diga si este momento es verdadero, pues se siente perdido en los laberintos del Tiempo.

—En realidad, no sé como expresar lo que siento en estos momentos, dice Gatøürox. Hoy quiero encontrar la realidad de mis pensamientos, porque no importa a donde mire, el reflejo de mí mente no se detiene. Y también me pregunto: ¿Qué me está pasando? ¿Por qué me siento así? ¿Estaré dentro de un sueño?

—Ahora Gatøürox pregunta en su mente al rey de los recuerdos: ¿Dæl? ¿Dime? ¿Esto es real?

—Y Dæl le contesta: ¡No te lo diré! ¡Solo al final lo sabrás!

Él mira hacia arriba y los hombres Ønîx también lo están mirando y les están apuntando con sus flechas negras. Pero no tiene temor, al contrario, se siente poderoso, pues el reflejo electromagnético de los relámpagos lo hacen sentir cada vez más fuerte.

En ese momento uno de los hombres Ønîx lanza una flecha y un rayo se desprende de las nubes blancas del cielo, y cae sobre el cuerpo de Gatøürox, ahora los ojos y el cuerpo se le llenan de electromagnetismo y en un attosegundo del tiempo él mira a los siete hombres Ønîx y con los rayos que salen de sus manos se mueve en forma circular sin control, y en ese instante el Castillo de If se fractura en la parte superior. Muchos pedazos de ladrillos del castillo caen al suelo y ¡Miren!, el rey Gødîe apenas tuvo tiempo de volar por encima de los rayos.

—¡Ya basta! ¡Detente! ¡El peligro ya pasó! Grita Gødîe. Y en ese instante los hombres Ønîx se pulverizaron como la esencia de un perfume francés al atardecer.

Los ojos del rey Gatøürox siguen en llamas y Gødîe por telepatía lo tranquiliza y le señala el camino que conduce a la entrada del castillo para poder cumplir la misión.

Pero un suceso inesperado ocurrió, en la pierna derecha del cuerpo de Gatøürox hay una flecha de los hombres Ønîx y cuando él mira su pierna, se desploma y cae al suelo.

—Gødîe grita ¡No, no, no! ¡No puede ser!

Gatøürox está tirado en el suelo y Gødîe camina hacia él, se pone de rodillas, lo estremece por los hombros con la intención de despertarlo, pero todo esfuerzo es en vano. ¡Miren! Detrás de Gødîe hay un gato pequeño lo acaricia y deja su esencia en él. Ahora en la parte derecha del castillo, en medio del agua del mar una ola deja ver el cuerpo de un hombre en la oscuridad de la noche, y sin darse cuenta Gødîe, el hombre vuela hasta el castillo.

—Cuando el hombre encuentra el sitio donde está el rey Gødîe, lo toca por el hombro y le dice: ¡Hey! ¡Rey Gødîe! ¡Vamos! No puedes hacer nada, muy pronto vendrán los hombres Ønîx y lo recogerán para encerrarlo en uno de los calabozos del castillo.

—Gødîe llora desconsolado, y por telepatía sin mirarlo, le contesta: ¡Me siento culpable! No debí traerlo aquí, el peligro era inminente ¿Pero no sé qué pasó? ¿Qué fue lo que falló? ¿Por qué no pude evitarlo?

Gødîe mira hacia arriba y se da cuenta que el hombre que salió del agua es el rey Dånn. Pero él no solo es un hombre caballo de mar, ahora el rey Dånn tiene alas en color marfil cuando está afuera del agua. Y en ese momento ambos se van volando, acompañados del zumbido del viento y el olor a metal del agua del mar. Ellos desde lejos en el cielo oscuro voltean y ven a los hombres Ønîx recoger el cuerpo del rey Gatøürox. Y en el ojo derecho de Gødîe sale una lágrima, porque continúa con sentimientos de culpa al saber que su misión no resultó ser como lo esperaba.

—Gødîe mira las alas del rey Marfil y le pregunta: ¿Estuviste en otra batalla, ¿verdad? ¿Pero cuándo acabará esta guerra? ¿En el fin del tiempo? ¿O en el fin de la eternidad? ¡Contéstame por favor! ¡Rey Dånn!

Y a lo lejos en la azotea de la torre mas alta del Castillo de If, observamos a un grupo de diecisiete violinistas y delante de ellos hay una mujer cantando las primeras notas del dulce sonido de la canción Regresa, entonado por la voz de la reina Këciå, la única prisionera del castillo que no duerme y ella canta mirando al presumido rey Køn, él la escucha con fascinación, pero aún no sabe el secreto de Këciå.

–♪♪ REGRESA ♪♪ –

La música de ópera tiene un aroma muy especial, porque, aunque se haya escrito en el siglo pasado, hoy se escucha como la primera vez que se cantó, y es tan bella cómo el sol del amanecer de cada mañana cuando se desliza por nuestra piel.

Esta noche entre el sueño y el sonar de las olas del mar, las notas de una canción con letras en idioma francés te quitarán el sueño, y también te devolverán un poco del canto que se despliega del amor rebelde.

—La verdad no sé cuando acabará esta guerra mi amigo, contesta el rey Dånn, sin embargo, lo que sí sé, te lo diré en danés: **"Begyndelsen af evigheden begyndte i rummet, fordi universets måleenhed er fastsat af tiden"**. En español traduce: "El principio de la eternidad comenzó en el espacio, porque la unidad de medida del universo está establecida por el tiempo". Y no te preocupes tanto, vamos a regresar y encontraremos un antídoto para despertar a Gatøürox y al rey Dåën. ¡No lo olvides! ¡Todo va estar bien!

Mientras el rey Dånn termina de hablar, del cielo caen tantas gotas de lluvia que parece como si el Río Sena estuviera puesto en medio de las nubes blancas de la noche. De inmediato, el medallón del rey Dånn se activa, las coordenadas muestran un lugar desconocido y un remolino de fuego de luces en color salmón empiezan a salir debajo de ellos y el portal del tiempo disuelve las moléculas de ambos y los absorbe al instante.

En siete attosegundos el rey Gødîe y Dånn caen frente al mar, y el medallón marcó las coordenadas de las costas de la península ibérica, así que ellos corren hacia el bosque para evitar ser vistos por los invasores de las playas.

—Gødîe pregunta: ¿Dånn? ¿Pero, dónde estamos?

—¡No lo sé! ¡Nunca había estado aquí! Le contesta el rey Dånn.

—¿Cómo? ¿Entonces porque estamos aquí? Replica Gødîe.

—¡No lo sé! ¡Que quieres que te diga!

LISBOA, PORTUGAL. El tiempo marca la noche del 7 de julio del año 1789, a unos kilómetros del río Tajo.

En un santiamén un grupo de hombres llegan y un extraño rey frena su caballo y los amenaza con una espada de mosquetero.

—¿Qué buscan? ¿Qué se les ha perdido en mis tierras? ¿Vienen en paz? Mi nombre es **HÎØ** rey Ópalo quisiera darles la bienvenida, pero no sé quiénes son, aunque uno de ustedes tiene cara de francés ¿O me equivoco?, la verdad no somos amigos de ningún francés en esta época.

—Gødîe se acerca al oído del Rey Dånn y le dice: Creo que no fue buena idea venir aquí.

—Tranquilo Gødîe él tiene un medallón del tiempo en su cuello déjamelo a mí, le dice el rey Dånn mirándolo de reojo.

—Dånn le dice al rey Hîø: "¡Claro que venimos en paz!", deberías saber que estamos en una misión, Dälåf el Jefe de los portales activó mi medallón y nos envió a buscar el antídoto para unos prisioneros que están en el Castillo de If.

—No amigo has llegado al lugar equivocado mira, en realidad yo estuve a cargo de esa misión hace muchos años con unos de mis siete mil mosqueteros y fue imposible, algunos de mis mejores hombres quedaron dormidos, bueno prisioneros en los calabozos inferiores en el año 1720. Pero yo sé el secreto y también sé quién te puede ayudar. Vamos a mi castillo y les contaré que deben hacer.

—¿Cuál es tu castillo? ¿Está cerca? Le pregunta Gødîe.

—¡Sí! ¡Por supuesto! Mi castillo es el que está a la derecha detrás de los árboles ¡Mira! Hoy estoy viviendo en la Torre de Belém.

—¡Hey! ¡Dånn! ¡Este sí que sabe para que se hizo la plata!, le dice Gødîe con picardía y se sonríe tapándose la boca.

Ahora Hîø les ordena a los hombres de su ejército que les den caballos a Gødîe y al Rey Dånn para llegar más rápido, pues la neblina no deja ver con claridad el camino, y los caballos saben muy bien por dónde van.

¡Pero miren! Las alas del rey Hîø son de color café, y él está vestido con una gabardina verde de cuello militar, una corona de oro con piedras de ópalo verde formando la figura de las hojas de un trébol, en la cintura lleva puesta una espada de mosquetero que está tallada con la herradura de un caballo en la parte superior, y en los pies unas botas en cuero muy fino.

—Pero cuando los tres están en la Torre de Belém por la puerta del frente en el salón principal que está lleno de ventanas cuadradas, y antes de subir por las escaleras, el rey Hîø los llama y les dice: ¡Hey! ¡Amigos! Se me olvidó un pequeño detalle que acabo de recordar, el antídoto para despertar a los capturados del Castillo de If está en la voz de una reina en combinación con una canción en español.

—¿Cómo? ¿Pero? ¿Por qué no lo dijiste antes? Grita Gødîe.

—Bueno, yo no se los dije desde el principio porque ella vive en la Sierra Nevada en Colombia en lo más alto de una montaña frente al Mar Caribe, y eso está muy lejos de aquí. Además, como vi que este caballero tiene aspecto francés y tú acento parece mexicano, por eso no les dije nada.

—¿Y cómo se llama la reina?, le pregunta el rey Dånn.

—Hîø le dice: Escuché que su nombre es Këciå y la canción de ópera es Regresa.

—Gødîe grita: ¡Mientes! ¡Mientes! Ella estaba con nosotros y nunca lo dijo. Ahora Gødîe agarra a Hîø por la solapa de la gabardina y continúa hablando apretando los dientes y le dice: ¿Entonces porque el jefe nos envió a esta torre oscura y fría?

—Pues… ¡Yo no sé! ¡Pero suéltame!, da gracias que mis guerreros se quedaron afuera, de lo contrario ya estarías muerto, le contesta el rey Hîø.

—Gødîe lo suelta y le dice: Listo no hay problema, solo que todavía no entiendo que estamos haciendo aquí.

El rey Gødîe poco a poco se va tranquilizando, ahora mira sus manos y siente que algo anda mal, porque sus dedos empiezan a brillar como el polvo de la escarcha dorada al sol, y mientras Hîø está hablando, las ventanas cuadradas de la torre se cierran, y desaparecen una detrás de la otra, el rey Dånn corre y alcanza a salir por la puerta principal ¡Pero miren! El cuerpo del rey Hîø se convierte en trozos de piedras de ópalo verde y el rey Hîø desaparece cuando las piedras de ópalo se desploman y caen al suelo de la Torre de Belém, ahora todo el lugar quedó en completa oscuridad delante de los ojos de asombro de Gødîe.

Y el rey Gødîe mueve sus manos de derecha a izquierda y sus manos empiezan a brillar hasta el techo de la Torre y en un instante vuelve a quedar todo en oscuridad. Y Gødîe desesperado grita: ¿Qué está pasando? ¿Qué está pasando? ¿Rey Dånn, dónde estás?

Al parecer, así como las olas del mar desmoronan un castillo de arena en la playa, la esperanza de los guerreros del tiempo y el éxito por cumplir su misión se ven cada vez más lejos.

—De repente Këciå canta con voz suave en el oído del rey Gødîe y le dice: ¡Hola! ¡Dormilón! ¡Despierta! Ella toca su hombro y vuelve a cantar.

Gødîe abre los ojos lentamente, parpadea y mira a sus amigos muy confundido, con la idea en su mente que ha pasado mucho tiempo, pero no es así.

—Gatøürox se coloca junto a él y le dice: ¡Amigo déjame explicarte lo que pasó! ¡Mira! Al llegar a Marsella la flecha de un hombre Ønîx entró en tu ala izquierda y quedaste dormido, pero yo te defendí con los rayos de mis manos y Këciå te cantó al oído al rato.

—Gødîe con los ojos medio abiertos les dice: "¿Y cuántas horas estuve dormido?".

—¿Horas? ¡No! En realidad, fueron solo siete minutos dentro de tus sueños, le contesta Gatøürox.

—¿Y dónde está el rey Hîø de Portugal? Pregunta Gødîe.

—Këciå le contesta colocando los labios hacia la izquierda: Nada de eso fue real, lo único real es que acabamos de llegar a las costas de Marsella y con mi canto, te estoy despertando por el impacto en tu piel de una flecha del sueño ¡No te sientas mal! ¡Todo va estar bien!

—Gatøürox se acerca al rey Gødîe y le dice: Todos deberíamos estar preparados a perder o ganar, esta es la mejor manera de ver la vida sin dificultad. Pero sé como te sientes, y tambіén sé que esta es una guerra que sólo tú debes superar, así que fíjate bien cual es la realidad ¿Lo sabes?, pues todavía hay tiempo para seguir adelante ¡Ven! ¡Levántate!

Pero por mucho que intentan hacer que Gødîe establezca diferencia entre el sueño y el presente, no lo consiguen. Las consecuencias de un sueño profundo en minutos, hacen que nuestras vidas por un lapso de tiempo, pierdan la realidad por momentos.

—Gødîe los mira, baja la cabeza y les pregunta: ¿Pero? ¿Cómo sé si esto es real o estoy otra vez dentro de un sueño?

—Këciå le contesta: ¡Bueno, mira tus manos!

—Ya las estoy viendo, ¡Son mis manos! ¿Qué pasa? le dice Gødîe.

—La próxima vez que veas tus manos y si ellas están brillando como escarcha dorada, es porque estás dentro de un sueño ¡No lo olvides! Le dice Këciå señalando sus manos.

De repente, encima del agua del Mar Mediterráneo como a dos metros de altura, de forma vertical en medio de la noche, empieza a salir un remolino de luces de fuego de color amarillo como el crisoberilo, todos lo miran fíjamente y se preguntan: ¿Wow? ¿Y? ¿Quién vendrá en ese portal?

Esta noche los guerreros del tiempo no acaban de sorprenderse con cada cosa que le sucede dentro de esta atmósfera del tiempo, y un nuevo suceso cambiará su presente y los harán divagar dentro de una dimensión que es desconocida para ellos también.

–Mar: Es el cuerpo de agua que cubre más del 70% de la superficie del Planeta Tierra, es azul mirándolo desde lejos, con tonos que simulan el color del cielo. Aunque algunas veces tiene destellos de color verde, pero si lo tomas entre tus manos se vuelve tan claro y transparente como el agua de un río. El componente más abundante en el mar es el cloruro de sodio y también contiene sales de magnesio, calcio y potasio. Nuestro mundo tiene más agua que tierra y por esta razón algunos científicos piensan que debería llamarse planeta agua. Paradójicamente hay muchas especies que pueden sobrevivir dentro de esa masa salada gigante llamada mar.

–Torre de Belém: Es una antigua construcción militar situada en la ciudad de Lisboa. Era una prisión, fortaleza y puerto, también fue utilizada como defensa de los invasores que llegaban desde el río Tajo.

–Río Tajo: Es el más largo de la península ibérica, nace en los montes Universales, en la sierra de Albarracín en España y desemboca en el Océano Atlántico en la ciudad de Lisboa.

–Río Sena: (En francés, Seine) Este río divide la ciudad de París en dos partes. A su paso por la ciudad, el río Sena se cruza por treinta y siete puentes desde Charenton hasta Javel.

–Ópalo: (SiO_2nH_2O) Esta piedra preciosa se caracteriza por tener hermosos colores en tonos verdes y una composición con moléculas de agua en su interior.

–**Ozono:** (O^3) Es el primer olor que percibimos antes de una tormenta. Es un olor metálico y característico que proviene de esta molécula, pero cuya concentración aumenta cuando los rayos se presentan en la atmósfera.

–**Atmósfera del tiempo:** En este libro se refiere, a diferentes lugares y fechas de momentos que viven los personajes dentro de la historia.

EPISODIO 10
PRONTO VOLVERÉ
AMÅRILLØ (Rey Número 38)

"Los que aman viven más tiempo... Pero los que odian no tienen tiempo de amar".

CRISOBERILO

Esta noche en medio de la confusión de Gødîe y el canto de la reina Këciå, detrás de ellos viene volando el rey Dånn y al llegar a tierra firme, él saluda a Gødîe y le explica que todo fue un sueño. Pero Gødîe sigue confundido y es normal, pues eso es consecuencia de los efectos de la flecha del sueño de los hombres Ønîx.

MARSELLA, FRANCIA. El tiempo marca la noche del 7 de julio del año 1770, en las costas del Mar Mediterráneo.

Ahora todos quedan mirando el Mar, porque en frente de ellos se está formando un portal de fuego de color amarillo, pero todos pensaban que el guerrero caería en medio del agua ¡Y no fue así! Poco a poco las luces del portal giraron en dirección a la playa ¡Pero miren!, cuando el guerrero del tiempo sale de las luces de fuego, él aparece con una rodilla en la arena y la otra apoyando su brazo derecho con la cabeza mirando al suelo, y ahora se levanta lentamente hasta dejar ver su cuerpo completo.

—Gødîe dice: ¡Que extraño! Rey Dånn, en mi sueño te vi con alas y tú sabes que en Colombia no las tenías.

—Si amigo... ¡Lo sé!, pero lo que no sabes es que antes de llegar a Francia estuve en una batalla, le contesta Dånn.

Ahora Dånn mira al rey Gatøürox y le dice: Hola amigo... ¿Esta vez sí me recuerdas? ¿Verdad?

—Gatøürox lo mira y con una señal en su cabeza
le dice: ¡No!

¡Miren! El rey que llegó en el portal, tiene puesta una
gabardina de color marfil en tela de lino y los bordes de la
gabardina están decorados con bordados en hilos de oro
con formas de jeroglíficos, en una escritura que ya se ex-
tinguió en el tiempo. En el cuello lleva muchos collares
de oro en diseños egipcios con el medallón del tiempo
incrustado en el centro de uno de ellos, en la mano izquierda un anillo de oro con piedras de crisoberilo, y tiene
un báculo en su mano derecha, "¡Miren!" Además, en su
espalda tiene alas y en la parte superior del báculo hay
una piedra de crisoberilo tallada con la cara de un perro
lobo y en su cabello una corona de oro con la forma de
jeroglíficos en su entorno.

Ahora el rey Dånn le hace señas con los ojos a Këciå,
para que ella le pregunte "¿A qué vino?", pues él piensa que no es necesaria su presencia para esta misión. Sin
imaginar lo difícil que ha sido para otros guerreros en el
pasado la llegada a este castillo. Pero muy pronto se dará
cuenta de su grave error.

—Bienvenido guerrero, mi nombre es Këciå y señalan-
do a los demás dice: a mi derecha está Gødîe, Dånn y
Gatøürox ¿Eres un egipcio? ¿En qué podemos ayudarte?
¿De dónde vienes? y ¿Cuál es tu nombre?

–Mi nombre es **AMÅRILLØ** el rey crisoberilo, y aunque no soy de Egipto mis ancestros si lo fueron, pero esa es una historia muy larga de contar. Ahora Amårillø mirando a Këciå, suelta una carcajada y le dice: Con respecto a tu pregunta, puedo decir con mucho respeto, que no pueden ayudarme en nada, en cambio yo les seré de mucha ayuda a ustedes.

—¿Por qué dices eso?, le contesta Gødîe.

—Bueno... Es que el jefe me envió, porque yo tengo la estrategia para sacar al rey Dåën del Castillo de If.

—¡Mira este con lo que sale! Nosotros tenemos a la reina Këciå ¿No te das cuenta? le contesta Gødîe.

—Amårillø le dice a Gødîe, yo sé cuál es el secreto de Këciå y eso está bien, pero el rey Hîø de Portugal ¡Me dijo otras cosas que ustedes no saben!

—Gødîe grita: ¿Cómo? ¡El rey Hîø no existe!, él solo pertenece a un sueño que tuve por los efectos de las flechas de los hombres Ønîx.

—Amårillø con el ceño fruncido le contesta: ¡Claro que existe! Dälåf me envió a Portugal para hablar con él y ¡Miren!, el rey Hîø me mostró otra estrategia que podemos utilizar para sacar del castillo a Dåën y despertar del sueño de la eternidad a los demás cautivos también.

Desde el inicio en los laberintos del tiempo, los guerreros han quedado atrapados en el Castillo de If y por muchos esfuerzos que han hecho, no lo han logrado y como resultado, otros guerreros se suman a los huéspedes de los calabozos del castillo. Hasta ahora las estrategias no han tenido buenos resultados. Por esta razón el jefe reúne a sus más hábiles guerreros para esta misión.

Gatøürox se acerca al rey Amårillø y le dice: La verdad no quiero ser entrometido, ¿Pero? ¿No sé qué estoy haciendo aquí? Y lo más probable es que yo sea el primer prisionero de hoy.

—¿Por qué hablas así?, le responde Gødîe, todos tenemos la misma posibilidad de ganar esta batalla. Además, cubriré tus espaldas. ¿No recuerdas que fui yo quién te trajo aquí? ¡Te seguiré protegiendo!

—¿Sí cómo no? ¡Dormilón! Y Gatøürox suelta una carcajada y le dice: Perdón amigo no me mires así. Solo que veo muy difícil la entrada al Castillo de If.

—Gødîe contesta: Miren... Mejor no perdamos más tiempo hablando tonterías. ¡Dinos! Amårillø ¿Cuál fue el otro secreto que te contó Hîø? ¿Qué puede ser tan fuerte para que estés aquí? ¿Y por qué no lo sabemos aún arriesgando nuestras vidas?

Ahora Amårillø intenta explicarles la estrategia y de repente un portal de fuego en color verde se abre al otro lado de la playa, todos están mirando y en un attosegundo se dan cuenta que el guerrero es el rey Hîø, él coloca hacia arriba su espada y la espada se convierte en llamas de fuego.

—Hîø les dice con un tono sarcástico: ¿Qué? ¿No piensan darme la bienvenida? Ya sé que esta no es la primera vez que vengo a Marsella. ¿Amårillø, no les dijiste que vendría?

—¡No! ¡Aún no! Contesta Amårillø.

—Bueno mucho mejor, la verdad siempre me ha gustado llegar de sorpresa. Pero por sus rostros, será más bien, sin ser invitado. Ahora Hîø se sonríe y le dice al rey Amårillø: ¿Y dónde está tu novia? ¿No está contigo hoy?

—Mientras el rey Amårillø está mirando a Hîø con su dedo índice en la boca, Gødîe le grita: ¿Qué? ¿Cuándo pensabas decirnos que estás ocultando a alguien? Nosotros no tenemos secretos. Por favor ¡Dinos! ¿Quién es ella? ¿Y dónde está? Pero rápido o serás retado por tu mentira.

—Hey... Rey Gødîe deja la violencia y eso de los secretos ¡Créelo tú, si quieres! Pero a mí no me puedes engañar, yo también soy telépata y sé todos tus secretos. Igual se los iba a decir en cualquier momento. Es que en realidad soy el único que puede verla todo el tiempo y creo que ustedes también la están viendo.

—¡Mientes! Grita Gødîe. Si así fuera, lo primero que tenías que hacer era mostrar a tu novia desde el principio.

—Además, no tengo nada que ocultar, en cambio tú sí, dice Amårillø.

—Gødîe haciendo un gesto con los labios le contesta: ¡La verdad, me da igual!, puedes decir lo que quieras no me importa.

—Amårillø mirando al rey Gødîe le dice: ¡No te preocupes!, no voy a contar ninguno de tus secretos. Linda... ¡Por favor hazte visible!

¡Miren! Tal parece que estos reyes llegaron en el mismo portal y nadie se dio cuenta, porque ella llegó flotando y su cuerpo estaba invisible. Esta reina tiene un vestido diseñado en forma de manta egipcia con joyas de oro en el cuello con el medallón del tiempo, y también tiene en el cabello una corona de oro con piedras amatista, igual que su anillo con la forma de un perro lobo.

De inmediato ella se hace visible y dice: Soy **YÆNKÅ** la reina Amatista. ¿Amårillø, lo dices tú o se los digo yo?

—No... ¡Mejor dilo tú! Dice Amårillø señalándola con el dedo índice.

—Yænkå con mucha propiedad les dice: Yo soy el arma para entrar al castillo sin ser vistos, pero, aunque la reina Këciå será de gran ayuda, el secreto está en el reflejo del espejo.

Ahora todos empiezan a hablar al tiempo.

—Dånn mira a Këciå y le dice: ¿Un espejo? ¿Cómo? ¿Y solo haciéndose invisible? Porque yo no te veo ningún arma y eso es muy raro para ser guerrera del tiempo.

—Këciå contesta: ¡Entonces yo me voy!

—Gødîe se sonríe y les dice: Mejor dicho, me parece que cada uno puede aportar algo para esta misión. Y no entiendo porque nos tratas así.

—En cambio el rey Gatøürox después de escucharlos les dice: "¡Mal educados!", dejen que Yænkå termine de hablar.

—Ahora Amårillø les dice en danés: **"De der elsker lever længere... Men de der hader har ikke tid til at elske."** En español traduce: "Los que aman viven más tiempo... Pero los que odian no tienen tiempo de amar". Dejen que Yænkå continúe hablando por favor.

—¡Si! Chicos... Lo que yo intentaba decirles, es que puedo hacer que todos sean invisibles, contesta Yænkå. Y así entramos al castillo sin problemas, el resto de la estrategia la tiene Hîø y Amårillø. Recuerden que solo si estamos unidos podemos hacer la diferencia esta noche. Y tú... Rey Hîø apaga el fuego de tu espada, por favor evita que los hombres Ønîx nos vean.

—Cuando Hîø apaga las llamas de su espada, le dice al rey Amårillø: Debemos esperar solo un poco más de este lado de la playa, pues en mi última misión yo estuve en el Castillo de If esta misma noche, pero eso fue a las siete y son exactamente las nueve de la noche, la verdad no sería conveniente encontrarme "con mi otro yo". En realidad, esa misión fue todo un fracaso y perdí muchos de mis mosqueteros, bueno ellos siguen dormidos en el castillo. Ahora sabes con certeza porque estoy aquí.

Pero justo en el momento en que Yænkå le quiere explicar a los guerreros el secreto del espejo y piensan que todo está bajo control, en un instante aparecen en el cielo muchos hombres Ønîx amenazando con sus flechas del sueño, Yænkå con los rayos ultravioleta de sus manos alcanza a hacer invisibles a todos los guerreros, menos al rey Gatøürox y en un attosegundo del tiempo, siete hombres Ønîx colocan sobre el cuerpo de Gatøürox, una jaula gigante con diseño cilíndrico y barrotes de acero de siete metros de altura y ninguno de sus amigos pudo hacer nada para ayudarlo. Ahora Gødîe por telepatía les dice que continúen la misión.

—Yænkå le pregunta a la reina Këciå: ¿Pero? ¿Por qué llegaron a capturar directamente a Gatøürox?

—Pues sencillo, el rey Køn ha estudiado nuestros poderes y seguro se enteró de los rayos de fuego blanco que salen de las manos de Gatøürox cuando está enfadado. Le contesta la reina Këciå mientras van volando.

—Pero antes de irse al castillo, Gødîe habla por telepatía al rey Gatøürox y le dice: ¡No te preocupes!, ten paciencia, pronto volveré por ti, espera solo un poco más.

—Hey... Gødîe ¿De qué secreto te estaba hablando el rey Amårillø? pregunta Gatøürox.

—¿Pero ¿cómo? ¿Entraste en nuestras mentes también? Contesta Gødîe.

—Sí... Puedo escuchar más de lo que te imaginas. Pero hay muchas cosas que no sé interpretar y debe ser porque todos están hablando al tiempo.

Ahora Gødîe se aleja sin darle más explicaciones y no le dice su secreto, vuela con los demás reyes a su misión en el castillo y Gatøürox lanza rayos blancos con sus manos, pero no logra derretir los barrotes de acero.

—Los guerreros del tiempo siguen comunicándose por telepatía y Gatøürox grita muy fuerte dentro de la jaula de acero: ¡No, no, no! No se vayan. ¿Sáquenme de aquí? ¿Por qué me dejan? ¿Amigos? ¿Qué fue lo que pasó? ¡No tengo recuerdos de mi pasado! Ni siquiera sé como me llamo y mi nombre real no es Gatøürox ¿Por qué no funcionan mis poderes? Y él grita de nuevo ¡Sáquenme de aquí!

—Pero antes de irse Gødîe le dice: No eres compatible con el acero y te han encerrado aquí, porque alguien más lo sabe.

—Y mientras ellos se van con sus cuerpos invisibles, los hombres Ønîx se preguntan entre sí, ¿A dónde se fueron los demás?

—Uno de ellos contesta: ¡Parece que se esfumaron como la espuma del mar!

—Dæl desde lo más profundo de su mente le dice a Gatøürox: Cuando el fin se acerca tu cuerpo no lo niega, pero una parte de ti tiene la esperanza de creer que no es así.

—Ahora Gatøürox se sienta en el suelo de la jaula, recuesta su cabeza, cierra los ojos y se duerme con la esperanza de despertar y hallar su verdadera realidad. Pero cuando despierta otra vez dentro de la jaula, empieza de nuevo a gritar: ¡Sáquenme de aquí! ¡Dälåf! ¡Ayúdame!

Es de noche en las playas de Marsella y se escuchan los gritos y el desespero del rey Gatøürox, y no es para menos, pues él sigue encerrado en una bella jaula de acero. También se observa desde lejos a los hombres Ønîx volando en el cielo de regreso al castillo. Pero el peligro de estar en territorio francés parece no tener fin, pues la luna llena, el sonido de las olas del Mar Mediterráneo y el Castillo de If, convierten este hermoso lugar en una prisión de lujo para los inexpertos guerreros del tiempo, que cada noche del 7 de julio del año 1770, siguen intentando una y otra vez liberar a sus prisioneros sin ningún éxito.

Vive hoy...

Porque el tic tac del ayer dura poco en tu mano, y el tiempo no frena, ni detiene su andar... En cambio, los latidos que recorren tu alma sí, y se van.

–**NOTAS**–

–**Idioma:** Los idiomas a través del tiempo van sufriendo variaciones, pero algunos han desaparecido y eso lo sabemos por los hallazgos arqueológicos y archivos de los museos. Se cree que el idioma materno de los vikingos es el danés, procedente de las antiguas lenguas nórdicas, del cual se han formado nuevas palabras mediante la composición de otros idiomas como el alemán, sueco, noruego y el inglés. Pero muchos arqueólogos afirman que el idioma más antiguo de la historia es el hebreo y hoy el mundo entero parece una gran torre con sus múltiples idiomas y dialectos que deleitan nuestros oídos al expresar su vocablo por todo el planeta.

–**Amatista:** (SiO^2) Es una variedad de piedra de cuarzo en color violeta. El color puede ser más intenso, según la cantidad de hierro que contenga. Aunque puede presentarse coloreada por zonas en color transparente o amarillo también.

–**Báculo:** Este nombre se le da a un bastón, utilizado en símbolo de autoridad, en la mayoría de las ocasiones se encuentra fabricado en madera, hierro, bronce, plata o marfil y estos pueden exhibir pequeños detalles decorativos a lo largo del vástago.

–**Lenguas Nórdicas:** Fueron idiomas hablados en Dinamarca, Noruega, Suecia, Finlandia, Islandia y Groenlandia. Aunque la mayoría de estos idiomas y dialectos han desaparecido, hoy se mantienen vigentes el idioma: Danés, Noruego, Sueco, Escocés, Islandés, Neerlandés, Inglés y Alemán.

–**Jeroglíficos:** Es una escritura que no presenta palabras o letras y se desarrolla mediante signos fonéticos, solo utilizando significado con figuras o símbolos y estos fueron muy comunes en los egipcios y otros pueblos de la antigüedad. Los arqueólogos piensan que la escritura jeroglífica se comenzó a utilizar hacia el año 3300 a.c. aproximadamente en la misma época en la que surgió la escritura cuneiforme en Mesopotamia.

–**Crisoberilo:** ($BeAl^2O^4$) Es un mineral formado del óxido de berilio y aluminio, su nombre proviene del griego χρυσός (chrysos) que traduce dorados en referencia a su color y es considerada por su belleza una piedra preciosa.

AGRADECIMIENTOS

Este espacio es para todos los amigos que han aceptado la invitación a participar en la serie del libro Sueños Reales. Como se deben imaginar la mayoría no habla español y yo les escribí en su idioma materno con la ayuda del traductor de Google, desde las diferentes redes sociales en el año 2020 incluyendo Facebook, Instagram y WhatsApp.

Gracias a su colaboración, cada uno de los personajes conserva parte real de su propia psicología, algunos detalles de sus colores y piedras preciosas favoritas y esto hace que nuestra serie sea más interesante y original.

Agradecimientos especiales para las familias: Marín Pérez, Salazar Guerreo, Rosales Donado, Marchena Rosales, Salazar Tovar, Caballero, Niebles González, Domínguez Moreno, Escorcia Cañas, Marín Bovea, González Pérez y Zuluaga de Soledad Atlántico.